我曾经也是一样年轻，不过没有关系，我会用有脑有行动的奋斗，报复曾经的一无所有——爱情，以及事业。

希望能够帮你了解世俗，少走弯路，早一天摆脱年轻的沼泽。

——苏芩

岁月如刀
我来领教

苏芩 著

江苏凤凰文艺出版社
JIANGSU PHOENIX LITERATURE AND
ART PUBLISHING, LTD

图书在版编目（CIP）数据

岁月如刀 我来领教 / 苏芩著. -- 南京：江苏凤凰文艺出版社, 2020.1（2020.3重印）
ISBN 978-7-5594-3847-8

Ⅰ. ①岁… Ⅱ. ①苏… Ⅲ. ①长篇小说－中国－当代
Ⅳ. ①I247.5

中国版本图书馆CIP数据核字（2019）第118937号

岁月如刀 我来领教

苏 芩 著

出 版 人 张在健
责任编辑 唐 婧
特约编辑 孙文霞
装帧设计 周延辉
责任印制 郝 旺
出版发行 江苏凤凰文艺出版社
南京市中央路 165 号，邮编：210009
网 址 http://www.jswenyi.com
印 刷 三河市嘉科万达彩色印刷有限公司
开 本 880 毫米 ×1230 毫米 1/32
印 张 8
字 数 143 千字
版 次 2020 年 1 月第 1 版 2020 年 3 月第 3 次印刷
书 号 ISBN 978-7-5594-3847-8
定 价 49.80 元

自序：我们要像个俗人一样，活得足够努力

苏芩／文

通常媒体采访我时，总会有这样的开场白：“作为一个优雅女人，多年来您是怎么持续保持这种状态的？”

我赶紧澄清：“不敢当不敢当。我，其实就一资深俗女。”

俗，我不觉得有什么不妥。

娱乐圈有个词叫出道，借用一下吧，我算是出道较早的。

最早在一家世界500强的外企，在最辛苦、压力最大的市场部任职，每天加班、出差、挨上司骂，就这样开始了我的职业生涯。当离开了外企，25岁的我成了一家媒体的主编，并主动跟老板申请开拓了大型活动这块媒体业务，一力统筹全流程项目，这在当年也是时尚类媒体活动的先行者了。还记得第一次去给投资人讲解活动策划，面对满满一屋子的人，我一个二十几岁的女孩子，扎一小辫子、背一双肩包，说话都紧张得声儿发抖，那时

候的我想不到，三年后，我已经站到了清华EMBA班的讲台上，为现在已经是各商业领域大咖的学员们讲国学课程。26岁时，我写了人生中第一本书《非常品红楼》，从央视到地方卫视，从《人民日报》到各大文化媒体头条，引发了全国性的关注。后来我发起的“新女学”，至今也已成为了我的身份标签之一。现在回过头来看，30岁之前的我，已然过得精彩纷呈。

面对经常会被问到的这类问题：“凭什么你可以有这样的成绩？”

我可以坦诚作答：是我活得够世俗。

我的成长比别人更艰险，我经历过比别人更刺骨的尴尬与摔打，所以今天，我才有底气告诉你，哪些弯路，可以绕开。

是的，我们生活的一切，都有着明确的俗世规则，就看你开窍够不够早。这本《岁月如刀，我来领教》是我第一本类小说体裁的作品，最初我把它定名为“Belinda的笔记”，我觉得自己身上偶尔会闪烁着Belinda的影子，而里面很多心得，更像是我十几年来一路摔摔打打的一份“体检报告”。

我很喜欢责任编辑的那句话：你从来不缺梦想，缺的是应对这个世界的手段！

作为一个过来人，对此，我深有体会。

我不敢说它适合每一个年轻的你，也可能你会觉得这样费脑子的生活很辛苦，不过，若你十年后回头再看，一定会为自己曾经的努力而欣慰不已。我们都一样，永远要感谢那个年轻时全力以赴去生活的自己！

30 岁前，我曾经告诉自己：情调，品位，这些灵魂的工程，我留待 40 岁后去慢慢享用。在此之前，我会用好世俗的规则。

我了解俗世的规则，也懂得世俗外的享受，才深切地明白，如果没有足够的力量去赢得生活，那一切优雅的享用，都会转瞬即逝。美是一种力量，我不欣赏任何软绵绵的优雅，因为我知道：我能驾驭的，才是我真正拥有的。

因此，我们都需修炼，在尘世的烟火中，修炼出一颗通透的心。我一直梦想成为这样一种人：可以很俗世，却又似在世俗之外。

希望你也可以，如愿活成自己梦想的样子。

虽然在此之前，我们要像个俗人一样，活得足够努力。

目录 / CONTENTS

面对一场突如其来的爱情，正确的打开方式是好好享受，而非迫不及待地许以婚姻。那么多婚姻出问题的人，恰恰是恋爱的时候没好好谈恋爱，一天到晚想着结婚、买房、生孩子的现实问题。婚后才惊觉婚姻里什么都有，就是没有情调。好好谈恋爱，将来才能好好收心过日子！

即便拥有再恩爱的伴侣，人生也难免有寂寞。所以，你必须要在两个人的世界里也学会一个人的生活，工作、读书、交友、冥思……用喜欢的事情丰富独处的时间。即使爱情和婚姻将男女联结，你仍要明白，生命，永远是一个人的历程。

引　言

假如你被生活“套路”了

我，二十四岁，毕业一年半，现在一家电器公司做运营助理。我的老板是个特“鸡汤范儿”的中年大叔，而我的那个顶头上司，年届五十，地中海发型，老板的每一句“鸡汤”他都听得特别认真，有时甚至会点头哈腰状如饮仙酿。

有一次开例会，老板忽然在白板上画了一个带缺口的圆圈问：“谁能说说这是啥？”员工们一时没反应过来，只有“地中海”能迅速配合并一口气猜了三遍，还都是错的。老板公布答案：“这其实是个未画完的句号。作为领头人，我不会把事情做到十分圆满，就像这个句号，要留个缺口，才能让下属们去填满它。要给大伙儿，尤其是年轻人表现的机会啊！”

“地中海”神情激动做恍然大悟状，赶忙带头鼓掌。

我抗拒成为这样的老男人。

那个腰身玉立、端坐着的姑娘叫艾婷，老板和往常例会一样在煽情加瞎掰，艾婷脸上一直堆着温温雅雅的笑。她亮闪闪的大眼睛却不暴露一点真相。这妞从我一进公司就看准了，追了快仨月，她的反应永远是不拒不迎。

那时候的我，辞职的念头转了八百回，唯一挽留我的，是艾婷，只是艾婷。我想：老子不追到手就走，这不就没戏啦！

没隔多久，艾婷破天荒地主动找到了我："中午一起吃饭吧。"

"艾……哎！"幸福似乎来得有点突然！此刻，我还完全未预料到艾婷找我吃饭的真实意图。

吃到后来我才弄明白事情的来龙去脉，"地中海"经常利用职务便利索取回扣，有时是现金，有时是代金券，有时也是一些价值不菲的礼品，有时候会利用发货和收款间隔的时间差，拿货款出去进行私人周转。这一次有二十万的货和款对不上了，老板怒了，要求彻查！"地中海"和艾婷都慌了！

我打死都想不到艾婷这样看起来端庄高雅的淑女会是"地中海"的人！我完全被这荒诞的真相击蒙了！我看着眼睛里噙着泪的艾婷结结巴巴地低吼："你有病啊！那种恶心的糟老头你跟他?！"

艾婷辩解："你别乱想好不好！我跟他只是上司和下属的关系，我也是想趁年轻多挣点钱，我可不是那种女人！"

艾婷满眼哀怨地看着我，我还真信了她的话！

“你想怎么办吧？”

她噙着泪花看着我，近乎撒娇：“这事儿总得有人顶下。我不想失去这份工作，我在这公司都两年了，今年还刚加了薪，老板的意思准备提我做主管了。”

“谁犯的事儿谁顶呗！这本来就该‘地中海’担着啊！”

“那怎么可能?！他可是老板的嫡系，老板带着他来的这公司。这事儿现在是闹大了，总需要个顶包的。你以为老板不护着他啊。最后倒霉的还不是我这种没依没靠的。”说至此处，她就仰起脑袋看着我，亮闪闪的大眼睛挠得我心痒痒。

我心一横：“你要我做什么吧？”

她嫣然一笑：“帮帮我吧。钱很快就回公司账上了，到时候你就说是你经手的业务先挪用了下做资金周转。只要钱能回来，担不了什么责任。反正你才来公司几个月，走了也不可惜。”

我真不知道自己是哪根筋搭错了，最后竟然答应了她。大概是因为她说：“你放心，这事儿我记着了。以后咱俩还长着哪，我慢慢谢你还不行？”

那会儿我错以为自己是职场失意、情场得意。没想到，艾婷

☞ 桃花潭水深千尺，不及老板套路深。

桃花潭水深千尺，
不及老板套路深

这小贱人，过了河就拆桥，等我真的一顿一顿被老板训完，连当月工资都没领到就被逐出公司大门之后，她竟然把我拉黑了！电话、微信，全部拉黑！

我跟公司以前的同事打听，得到的消息是："艾婷呀，跟着'地中海'一路升职加薪。最近背了个一万多的包，牛得很！"

我就这样被出局了！被残酷的现实狠狠踢飞！

那天，我在回来的地铁上，不知是因为仇恨还是想壮志，一团无名的火气轰轰地直冲脑门子！

一开始我以为自己是想报复，后来从和平里一路挤到五棵松，我想明白了，这不是报复。

我确实不是个对工作有热情的男人，或许"地中海"和艾婷能找上我，就是看中了我对工作无所谓的这股懒散劲儿，换一个人，没人会配合这种无厘头的游戏。至少在毕业后的这几年里，我并不是个有远大抱负的男人，也从未觉得自己的未来跟成功人士能沾上丁点儿关系。

不过，这次被耍让我忽然明白一件事——我之所以对上班提不起劲，是因为这些工作都不是我真正喜欢做的事。而在骨子里，我始终认为人这辈子要是做不了自己喜欢的事，过不了自己喜欢的日子，这辈子就白活了！

这一自我洞见让我茅塞顿开，重获新生。我打算从现在开始，做自己喜欢的事。想至此，一时豪情万丈，浑身充满力量！

豪情都是暂时的，生活有时总是一地伤。在家躺了半个月，也没想明白自己到底喜欢做什么，胸中的激情正一点点退去，生出了无数沮丧。

老爸看不过去了，叹着气丢给我一串钥匙：“以后能吃饱还是要挨饿，全凭你自己折腾吧！”

手里这一串是家里小饭馆儿的钥匙，老爸老妈经营了十来年，生意凑合糊口。

瞧老爸这是要我接手的意思。他说：“我和你妈也老了，干不动了。这小店给你，你能干点啥就干点啥吧。你老爸也没几个钱，也给你买不起车、买不起房。将来无论发展如何，我也只能送你到这一步了。”

我瞅了钥匙半天，忽然灵感迸发，激情又燃了起来：“爸，这店交给我，那我能按照自己的想法来做吗？不论做成什么样你都不许管？”

一番破土动工改头换面，三个月后，我的“Young Zone”开业了。

☞ 开业了。

Young Zone
22
开业了

没错，我这店是开给年轻人的。我都想好了，长这么大我能真正称得上爱好的，也就两件事，一是自在，另一个就是交朋友。自己开一家专门服务年轻人的西餐厅，既不用仰人鼻息，又能和年轻顾客交朋友，完美。

至于这个“Young Zone”该怎么开，边做边摸索吧。

我进了一柜子的洋酒搁着，咖啡机也摆上了，还买了一批年轻人喜欢的书装饰门店。

开业一个多月，年轻人没来几个，曾经的老顾客倒是不少，他们大多一推门就嚷：“哟，门脸儿变了！你爸呢？来个宫保鸡丁盖饭。”

一开始我很抗拒，甚至赶人走，后来在经济压力下也不得不做出让步。

在我花大价钱买来的吧椅上和水晶灯下，总有人汗流浃背地吃着盖饭配啤酒。在洋溢着鸡丁熘肝儿味儿的西餐厅里，我满心的落寞。有谁能知道，我的厨房操作间里储满的是洋葱和意面，冰箱里冻着的也是保质保量的牛排原料。而此刻我只能眼睁睁看他们洋葱熘了肝尖儿，牛排炖了土豆，然后打着饱嗝儿跟我说：“小万，你说你没事儿整这花样干吗？以前这家常菜多好！”

梦想是鹅肝牛排，现实是啃光吐出的满地鸡骨。

现实的残酷如此直接，甚至容不下一点点迂回曲折的温暖。

我觉得自己那玄不可测的未来，在这时不时窜出来撂你一小跟头的油烟味里，才刚刚开始。

对了，忘了介绍，我是万谦，一个丝毫不具备谦虚美德的小西餐厅老板——如果这里还称得上西餐厅的话。

店开到两个月的时候，迎来了第一单最大规模的生意。

其实还是熟人，高中同学会开在这了。

毕业只不过六年，差距已渐渐拉开。从大学开始创业的敦子如今已身家千万，更多数是辛苦求职但还没熬过试用期的哥们儿姐们儿，我还算混得中等的，虽然没啥盈利，毕竟有了自己的小店，虽然不一定比上班的挣得多，但顶个“老板”头衔毕竟硬气三分。

整场聚会，我一边跟着忆往昔聊八卦，一边还暗自担心“这帮家伙不会一会儿喝多了直接拍屁股走人吧?！”虽只入“商门”两个月，已经有了小商人现实的利益观，一面骂了自己一句“俗”，一面观察着他们干杯的频率，时不时还得拦一下“别光喝酒啊，吃点菜，这牛油果沙拉可是我店里的招牌……”

我觉得生活把我涮得油滑了，老爸却说：“不错，你小子开始有责任感啦！”

责任感是不是意味着人会变得口是心非，我不敢断定，我只

☞ 当你开始厚着脸皮赚钱，你就真正成熟了。

「当你开始厚着脸皮
赚钱，你就真正
成熟了。」

知道，自从有了“Young Zone”，我不敢随便撂挑子不干了，想尽一切办法，也要维持下去。此时，我终于理解了那句话：当你开始厚着脸皮赚钱，你就真正成熟了。

“Young Zone”慢慢地有了新成员。

珠珠是我姐们儿，论脾气性格，跟之前的我挺像，也是“一言不合就辞职”。听说我自己开店了，说啥也要来“站台”，说在我手底下干活儿起码心情痛快。于是“Young Zone”就用了个还算靓的前台小妹，不爱笑、老爱玩手机，我一天得嘀咕她八遍，直到她烦得直冲我嚷嚷：“万谦你怎么变这样啦?！事儿妈一样！早知道不来投奔你啦！”话虽如此，珠珠却一直驻守前台，并且看手机的时间渐渐缩短了。

段一鸣是个奇人。听说他写得一手不错的文章，大学毕业后在一家广告公司当了一年文案，忽然看到“Young Zone”大门口的招工启事就进来了。

我跟他说：“我们店小，不需要文案。”

他说：“我知道，我想来跑堂。”

我还算克制，珠珠直接来了一句：“你有病啊?！”

一鸣说：“谁说文案不能来当跑堂的。我不需要高工资，我爸妈出国前留给我两套房，我一套住着、一套租着，一月租金一万多足够我生活了。我只不过想感受一下不一样的状态。我今年夏天的心情，就是跑堂的心情。”

我也犹豫了下，不知这家伙能不能干长久。不过话说回来，一个跑堂的干长干短怕什么，没啥技术含量的活儿随时可以招人啊，难得这哥们儿不在乎工资。

我于是照惯例问他：“你会扫地吗？”

于是，一鸣就成了“Young Zone”的跑堂小哥儿。

还有小愉，以前在大学食堂帮厨，业余爱好却是冲咖啡、做甜点，并且极尽精致。

他的工资要价不低，但我尝过他的手艺之后，还是忍痛留下了他。开店，总得有个把实力派吧。就冲他能把咖啡冲得跟星巴克一个味儿，也不能让他走掉。

小愉是浙江人，温柔地跟我说了一句：“老板哦，用我你是绝对超值啦！”

他说话的时候腰扭得妖娆生姿，眼睛扫过一鸣的时候略带暧昧。我和珠珠一直在猜他是不是同性恋，珠珠诡异地跟一鸣说：“你呀你，你被盯上了！”

最具传奇色彩的是阿萨。他原本是对面餐厅的大厨，那家餐厅主营泰国菜，老板的脾气好比刚出锅的咖喱锅巴鸡，连走起路来都刺啦啦带响。我们成天坐在店里，隔着玻璃看他在店门口训跑堂、骂会计，后来某天，连大厨也被他拎到门口破口大骂。起因大概是阿萨一道咖喱蟹没做出顾客满意的味道，老板训了他几句，阿萨就不干了，梗着脖子争辩："我的做法确实是地道的泰国味，他要让在里头放干辣椒，这做完还能吃吗？椰汁焗的蟹肉加了干辣椒，得什么味儿啊！不好吃，客人还得埋怨！"

老板火蹿上来了："做错了你还有理啦?！你想干不想干啊?！想干给我闭嘴，进去给客人赔礼道歉！"

阿萨拧劲儿上来了，就站那不动。

老板几乎要炸了："你跟我玩儿个性是不是？你以为我求着你啊，满大街的厨子，我少了你照样开饭馆！"

阿萨说："离了这我照样能炒菜！"

"你离一个试试！职业技术学校的学生一拨一拨地毕业，你还真以为工作满大街都是啊！离了这仨月俩月，我看你能找得着活儿干?！"

"你别瞧不起人，我出了这大门立马就能找着。"

这俩杠到激动处，阿萨怒气冲冲拔腿就走出来，抬头看见了正在店门口观战的我。我们俩眼神一碰，这是我第一次跟他打照面，却感觉，我们见面的日子应该还多着呢。

阿萨真的到了我店里。我问他：“你做西餐行吗？”

他说：“你随便点几样，我给你试试。”

海鲜意面酱浓面滑，比萨烤得脆嫩有汁，海鲜饭简直绝了……

珠珠吃得腮帮子鼓鼓囊囊：“你那‘野牛’老板把你赶出来可真是亏大了！”

珠珠说那泰餐厅老板眼睛一瞪如牛眼。小眼睛厚肩膀的阿萨，并未搭腔。不背后议论前任老板短长，这样的大厨我相当满意。当然，我也为这满意的大厨，付出了相当丰厚的薪水。以至于那阵子总牙疼，仔细想想，哦，其实也是心疼吧。

人员齐备，我准备大干一场。

不过生意并不像我想象中那么好做。万事俱备，只欠来宾，不知是不是一到夏天人的胃口变差了，来来往往的人朝店里探探头，一对上你的眼神，又赶紧走开了。我们五个经常在店里发呆，听着珠珠捧着手机追她的偶像剧。

直到某一天，店门推开，进来一个女人，迎头问：“西餐？”

“对！您想吃点什么？”

她扫了一眼菜单：“意面。分量足一点。”

阿萨麻溜地钻进厨房。

那女人说："看你店里客人这么少，应该出菜很快吧？"

这话听得我很不舒服。我忍忍，再忍忍。我说："一定尽快。"

她瞅了我一眼，眼神儿略显锋利。如果抛却感情色彩，其实她的眼睛还相当漂亮，细长的丹凤式，仔细看会发现，所谓锋利的，是略似一些不服管的"痞气"。可她的年纪，看起来已四十岁了。她头发剪得很短。个头不矮，但瘦。白色针织套头衫宽大到能装下三个她，牛仔短裤我以为不会有四十岁的女人穿，可她依然穿得挺好看。

沙拉和意面，她吃得干干净净。

我甚感欣慰。结账的时候跟她说话有底气多了。

"嗯，没想象中那么难吃。"

直到她离开，我都没想过，这个女人会成为"Young Zone"的常客，某种意义上，她改变了"Young Zone"以及我们每个人思维的轨迹。

她是Belinda，一个好久不见，但值得被纪念的老友。

1
CHAPTER
第一章

年轻是本钱，
但“腹黑”能帮你更值钱！

Belinda 一周会来两次，餐点却很少变过。她食量不小，一餐可以吃光一份尼斯沙拉外加一份海鲜意面，或是芝士焗饭，餐后会再来一杯美式。她光顾到第二个月的时候，我曾问过她喜欢我这家小店的原因，她直白地说："便宜，量大。"

我的信心因此有点受挫，原本以为味道有了竞争力，没想到让人惦记的还是低廉的劳动价格。

她说："你丧什么气啊？如今的世道，貌似最容易被取代的，其实最难被取代。"

后来我才明白她说的是愚鲁。

有子难得鲁且直。做生意偶尔也同理。

不过，我不敢再这么傻傻地愣闯下去，不研究新菜品、没有技能竞争力，早晚还得混成老爸那样仅可饱腹的小店主。那段时间一闲了，我就拉着阿萨和小愉研究新菜品。小愉以前在大学食堂上班，满脑子橘子炖炸鱼、番茄炒月饼之流的"黑暗菜系"，在他怂恿之下，阿萨竟然真把辣条炒饭和西瓜小牛柳端上了桌，

☞ 我只对喜欢的东西付出，金钱或者是胃。

我只对喜欢的东西付出，金钱或者是胃。

甜点是泡面果冻。

我们一人一勺，对着新菜铲一点点，生怕谁尝多会吃大亏。炒饭里，胡萝卜、青豌豆、粉虾仁再配以咸辣条，嚼在嘴里的感觉像个不服管的问题学生来到了优秀班级。西瓜小牛柳水分太多，肉倒是嫩了，嚼劲儿弱了。珠珠尝了一口直皱眉："黑胡椒撒到西瓜上怎么一股汗味儿啊！"泡面果冻竟成了最小清新的存在，方便面加蜜桃汁的配方尝着也还算和谐。这道甜品后来在菜单上待过一段时间，自始至终点击率不过十，后来也就撤了。

开发新菜品的"暗黑实验"持续了一段时间，有时赶上 Belinda 在，大部分时候她会拒绝我们试吃的邀请，有时候我们诱惑她："尝一尝呗，反正也免费。"

"我只对喜欢的东西付出，金钱或者是胃。"

Belinda 说话、行事的风格，和她的短发一样干净利落。

我们喜欢跟她聊天，她也从不拒绝，侃侃而谈。似乎她在每一个寂寂人稀的午后到来，就是为了跟我们插科打诨、胡侃神聊。

我们问过她的职业。她没回答。

我猜她做过很多种类的工作。她身上有一种复杂的气质，时而落拓，时而狡黠，既会展佳句，也会骂粗话。

她右手食指、中指和无名指并拢时有一道明显的疤痕，我盯着看久了，她就说：“没见过疤呀？”

“打架削的？”

“水果刀割的。”

“嗐。”我一个不屑的笑，原本以为是个江湖故事，原来不过是件厨房惨案。

不过 Belinda 说：“十多年前了，我拿着水果刀对着一女同事，争斗中折叠刀摁在了手指上……”

Belinda，相识之初，我以为她是个反派人物。

第一次听 Belinda 海侃，是她在跟一小伙儿聊天，后来她说那是她新招的助理，最近遇到了些麻烦，追女孩严重受阻。我记得那男孩留着小平头，瘦瘦高高干净利落，却一脸苦相，老实巴交的。

Belinda 一边嚼着意面一边训他：“就你这没出息的样儿，哪个姑娘能看上你啊！你能先把脖子直起来吗？”

小伙儿挺挺腰，脸上通红。

“吃饭！边吃边跟你说。”

我记得那天 Belinda 跟他说了一个“斥力—吸力”原则。

Belinda提示

≋

追女孩，你必须得“三天打鱼、两天晒网”！

不知道你在遇到恋爱屏障时会不会挠头：“怎么办，不管我‘死追活追’，她就是不甩我一次。用啥办法能让她对我的态度软化下来呢？”

这时你该做的是：先冷他（她）一小段，再回头去追。

这帮智囊团成员不见得学过心理学，也不见得能说出这一招式的名堂，但不得不承认，这一招，很管用。

用心理学术语讲，这叫“斥力—吸力”原则。

当一个人，面对异性的疯狂追逐时，自信心会膨胀到最高值，会觉得自己的价值无与伦比地高。如果这时候，对方还是一个劲儿地死追，他（她）就会想：“她（他）这样紧追不放，说明我的魅力不可言喻。看来，我还很有机会遇到比她（他）更好的对象。不急不急，等等看。”

你这厢越拼命，给他（她）的斥力越多，会造成对方的心理膨胀感。若此时突然放手，任何消息皆无，他（她）马上就会一阵心慌，进而对自身的价值产生严重怀疑。一段时间后，当他（她）的自信心降至最低值，你再回头来示好，为了让身价保值，他（她）

会很容易答应你的一些请求。

不少人就是用这种办法追到他们喜欢的对象的。

很多女人常常说那个男人对她忽冷忽热，却越发令她放不下。说到底，那个男人就是在不断地挑战她自信心的底线，当一个人的自信心像跷跷板一样忽上忽下时，她的心智会乱成一团，任何风吹草动的暗示，都可能左右她的意志。

恋爱成败的关键，就是看谁懂得使用心理战术。

用到社交中，其实也是一样。

如果，你的合作对手十分傲慢强硬，在交涉途中屡屡给你出难题，那么，在你们谈到五六分熟时，冷他一冷，或者可以含糊地告诉他："不急不急……"

原本很急的一方，突然变得不着急，很容易让人乱了阵脚，他们会在心里七猜八猜：他们是不是找到了下家？

几天之后，也许他们会主动示意你："我们的条件其实还可以再商量。"

一旦他们这样表示了，那你该准备接招了，如果再拖下去，也许鸭子就真飞了。

让他等，但不能等太久。很多事情经过这样小小一发酵，都会有不一样的味道。

☞ 我要把你晾一晾。

我要把你晾一晾

人的一生，是一个不断追求自尊心满足的过程。当然，任何人的自尊量值都不是固定不变的，也许外界一个细微的变化，便能让“自尊”二字发生不一样的变化。

如果你爱一个高傲的人，要适当地冷冷他。

如果你想跟一个霸道的人谈合作，要不失时机地晾晾他。

对强者，要用挑战。不一样的起伏，才能帮你赢得不一样的胜利！

“换了是你，如果一个女孩天天给你发信息打电话，夸你帅、说她爱你。她天天说，直说到一个月的时候，突然不说了，人懒得理你了。那会儿你心里什么感觉？” Belinda 问他。

“嗯，会不舒服。”男孩仍是很腼腆。

“是失落！你别小看这种失落感，这好比是挖了一个坑，在她最失落的时候随便一点诱惑都可能引人往下跳。”

——这话我听得很不以为然。这种说教几乎让我认定这女人是“暗黑系”的代表。

不过男孩还是很乖：“那么，老师，接下来我该怎么做？我试了一直向她介绍我的优点，可人家爱搭不理啊！”

“傻！推销优点不管用，你就该推销缺点啊！”

哦？向喜欢的人推销自己的缺点？这稀奇古怪的说法，我也忍不住被吸引了。

Belinda提示

≋

想让一个人接受你，不要摆明自己的优点。先把劣势拿出来，也许会事半功倍。

你擅长“缺点推销术”吗?

这是一个需要每个人推销自己的时代。

择业、交友、相亲……每一次都是一场自我推销。

虽然每个人都时时要推销自己，但不代表人人都懂得如何推销自己。

提到“推销自己”，一般人立马会联想到商场里的促销人员推销新品的场面。

“这是最新款的面霜，能让你的每个毛孔都感受到水汪汪的滋润。”

“这是新出的曲奇饼，味道好而且健康。”

“这是最新型的洗衣机，健康、杀菌还省水。”

……

发现没有：这些推销，全部都是“优点式”推销。

你会说：“推销，不就是要尽力把自己的优点传达给对方吗？”

是，但不全是。

全优点式的推销，早已过时了。

不然我问你：如果我把一件商品说得十全十美，没有任何一点点陋处，这样完美的商品，你信吗？

当然不信。

但凡商场里，被促销人员说得天花乱坠、完美无瑕的商品，销量可能都不是最好的。真正销量好的东西，都是被人拿出缺点来谈事儿的：“这洗衣机挺省水，就是价钱高一点；这款电脑适合家用，就是耗电多一点；这张桌子线条很美，就是占地面积稍大一点。”

在被告知“缺点”的同时，顾客脑袋里其实在做选择：是向购买价格妥协，还是向每月的水费妥协？

这就是“缺点式营销”的优点：在告知他缺点的同时，其实就是启动了他心中的电子秤，反复比较优缺点，这种比较，就很容易让他把这件商品当成了自己的购买对象。毕竟，一个人对某样商品投入心思越多，选择的概率也就更大。

而全优点式营销的缺点则是：只把全部优点告诉给对方，这样购买者只能做出“买”或“不买”的选择。相信你的“完美推销”便买，不信便不买。

做人也是一样的道理。

绝大多数人都是喜欢在外人面前恭维自己的人。

自己的好要自卖自夸，自己的不好就等着别人来慢慢发现。

实际上，这是极傻的做法。

聪明的人，会事先把自己的缺点告知对方，“我这人动作比较慢”“我这人耐性比较差”“我这人脾气不好，经常对身边人大吼大叫”。

也许他身上的毛病不止这一两点，也许还有许许多多的坏习惯比这更甚，但听他亲口说出自己的缺点后，周围人会相信他，至于他身上另外那些更不堪的坏毛病，就因此被大家淡化甚至忽略了。

为人处世，要懂得有效地引导他人关注你所指出的自身缺点，因为这些缺点通常是你早有准备的、能应付得来的，说到底，这些东西不会对你产生太负面的影响。先把它指出来，等别人心

☞ 和你说吧，我这个人其实这也不好，那也不好……

和你说吧，我这个人其实
这也不好，那也不好…
I Do!
I Do!

理上已经产生了一定的免疫力，此后，他们给你挑错、找碴的心思，就会少很多。

毕竟，人都无完美一说，在人与人的交往中，一个很重要的乐趣在于：不断发现别人身上的缺点。

如果你身上的缺点要等着别人慢慢来发现，那你一定是个失败的社会人。至少每一次的人际战役，你都是无准备地应战。

“我可不只是教你泡妞的。有些通性的规律学着点，将来工作中也用得着。就好比你对一堆人说，你们可以做任何事，他们可能会不知道该做什么了。但你要说，他们不能做什么事，他们可能马上就知道自己想做什么了。这也算是一种反其道而行的思维引导吧。”

那小伙儿先吃完自己盘里的食物，被 Belinda 支使去跑腿了。

Belinda 说：“我今天教了你这么多‘干货’。你不得表示表示啊！”

那小伙儿慌忙就要打开手机支付宝，Belinda 哈哈笑着摆摆手：“赶紧走吧！今儿这顿也太便宜你！等追到姑娘请我吃大餐！”

小伙出门了，Belinda 一个人继续看着视频、吃着意面，手机播放的视频中传来熟悉的声音，我从她身后溜达过去，竟然是《樱桃小丸子》！

她发现了身边的我：“瞅啥？”

“哟，《樱桃小丸子》啊！”我调侃她，“这跟大姐你风格不符！”

“我吃饭的时候就喜欢看《樱桃小丸子》，怎么啦?！只要看着《樱桃小丸子》，我吃什么都特香！尤其是在饭菜质量一般的时候！”

这句话倒把我堵回来了。下午到了这会儿，店里就只剩她一位客人，珠珠在柜台后打了个呵欠，一鸣也一脸不耐烦地拿着抹布开始擦桌子，我心想：这女的烦不烦，赶紧吃完走吧！我们还能闭门睡个午觉。

她大概也看出我们的心思，可吃面的速度依旧没有提升，低着头对我们说：“想让我快点走人吧？我知道，可我偏不。”

她说得有点幸灾乐祸，真有点把我惹急了：“我可没这么说！不过我们店快午休了，也请您用膳的速度稍稍加快点吧！”

她抬起头：“我没说不可以赶我走。迎客和逐客本来就是开店所应该先学会的两大技能。不过，你们逐客逐得让人不舒服。所以，我也不会让你们舒服的！”

别说，她还真给我们上了一课。我头一次知道，赶客人走，还有这么多门道。

Belinda提示

≋

当一个人对你好，好到极致，好到让你浑身不爽……你该明白了，他这是在请你“走开”。

热情的逐客法

不少人都知道这样一家饭馆，服务特色仅仅两个字：热情。

顾客上门，服务人员全以“孙辈”姿态上前招呼，掸灰，擦鞋，各种零食捧到手边恭奉……一顿饭吃下来，足足能让最年轻的顾客也体验一把当“长辈”的滋味。

每当送宾女孩喊完“欢迎下次光临”，也偶有如我一般的人，不愿再次光临，这饭吃的，太有压力。

由此，我想到了曾看过的一则小故事：同一条街上的两家澡堂，原本竞争激烈，生意越做得久，老板追求利润的心思越盛。澡堂开到一定年份，两家老板都在琢磨省钱的办法。当然，对澡堂而言，唯一省钱的办法就是，让客人洗快一点，省水，省位。于是，第一位老板故意在客人洗到一半的时候把水降温，受不了冷的客人，虽然不悦，但也只好匆匆穿衣离去，水是省了，但客人日稀，最终不得不关门大吉。第二位老板也用了跟他相似的办法，结果客人们也是匆匆穿衣离开，但每个人都乐呵呵的，日日客多到爆满。第一位老板纳闷，问其缘由，第二位老板神秘一笑："我也用了水温调节法，只是，你在客人洗到一半的时候降温，而我在客人洗到一半的时候给水加温，受不了热的人当然要赶紧洗完离开。但你的冷水凉了人心，我的烫水却暖了人心。"

热情也是另一种逐客法。希望你尽快办完该办的事，赶紧离去。

每个人出门，总是怕遇到冷漠难缠的人，对自己不喜欢的人，人免不了本能的冷漠，但，人人又都明白一个道理：一张冷脸对人，会得罪人。

所以，聪明的中国人，总能时时发明出奇特的拒绝法，能让对方不明就里地被拒绝，同时还挑不出你的错。

比如，热情、过分的热情，就是另外的一种拒绝。

人心如此，第一次见面的人，因为生疏，很难做到绝对的热情，如果是百分百的热情，八成是为了掩藏他心底的冷淡。

心理学上讲，一个人的某种表情若是持续十秒以上，八成都是假的，一个怕被别人看穿的人，会刻意做出与内心相反的举动。

如果，一个人对你太好，像春风拂面，像烫人的滚水，好到让你感到拘束难安，大概，他不是真的喜欢你。

聪明的话，办完该办的事，赶紧溜之大吉吧。

吃完最后一口沙拉，Belinda 放下餐钱，转身走了。

我们几个在屋里有点发蒙，后来我说："这姐姐有点意思哈。"

谁也未曾料到，Belinda 几天后竟然又来了，餐点还是和上次一样，时间也是在人少的午后。

我把柠檬水端到她桌前："欢迎姐姐啊，上次不说我们这儿饭菜一般嘛。"

"是啊，难得是人少，看动画片不会觉得人声嘈杂。"

这张嘴，显然让人喜欢不起来啊！

她能看出我的不高兴："不爱听啊？现如今像我这么直言不讳的人太少了，你上哪儿找我这种只说真话的客人去！"

我忍了忍："大姐，你结婚了吗？"

"婚啊？我结过啊。"

"哦，那就是现在没在婚里的意思呗。"

“你什么意思？”

“我就说嘛，大姐你说话这么毒，不是剩女就失婚！”

“剩女、失婚女怎么了？！你一小屁孩儿懂什么呀！”

“你上次不是说，‘你不让我舒服，我也不会让你舒服的’。一个道理。”我故意跟她抬杠。

“哦，这样啊。嘿，你别说，我以前总以为是我对他们没兴趣了呢，看来没准儿他们也早憋着想跟我分了呢。有时候感情是这样，决定分手了，但还没有想好理由，你一冷淡一不满，正好给了人借口，借题发挥。结果搞得我还在懊悔以为是自己年轻任性、没好好珍惜呢！”她大口把水喝光，“你一小屁孩儿还有点意思哈！”

“谁是小屁孩儿啊！我是这儿的老板！”

“哦。”她点头，然后看着我哈哈笑了。再然后我也笑了。

Belinda 是个自来熟的人，虽然才第二回光顾，跟我们几个打起招呼、逗起闷子就已经像老相识了。奇怪，她明明比我们年长很多，但聊起来丝毫也没有距离感。

她跟我们说：“我不认为‘毒舌’是一种美德，但我同样也认为，从来只会友善的人，也不一定真诚！”

嗯，这姐姐的风格，显然万年也当不了“白莲花”。

Belinda提示

≋

对你客气的人，可能不会帮你！

在谈业务的时候也如此，很多新人有这样的疑惑："一场会谈下来，明明我感觉不错，以为是稳操胜券，可为什么事实却正好相反？对方明明对我很和善有礼，桩桩件件都答应得干脆利落，可为何真到了签约时就全盘推倒说'拒绝'了呢？"

这是因为，你没有读懂对方"拒绝"的真意。

拒绝一个人有很多种方式。不是只有说"NO"，才代表着他不赞同你，当端坐在你对面的他，不假思索地频频说"YES"，这也可能是一种拒绝了。

这就是人的心理。尤其是让一个受过高等教育、深谙社交礼仪的人张口连连说"NO"，这是很不容易的一件事，他们所受的教育也不允许他们这么做。于是，他们常常用表面的谦虚和善来掩藏内心的不赞同，这也是人本能的一种防卫手段。

所以，如果你讨厌一个人，那就该对他格外客气，特别客气，极端客气，客气到令他深感不自在。于是，他就能明白：哦，原来，他不喜欢我。

千万不要被对方友善的态度蒙住了眼。一个人对你越客气，那说明你的话根本没有进入他的脑子。这场约会结束后，不必抱太大的希望。

你会问："如何才能看出对方接受了我？"

如果听着你的话，他半天若有所思无所应答，似在踌躇。那么，你的话是进到了他脑子里的。

如果面对你的笑，他开始解除戒备跟你开玩笑。那么，在心理上他已经接受了你。

如果约会进行到结束，他大大方方地跟你聊些个人私事。那么，你这次合作十有八九要成了。

这就是人心的规律。

那天我们问她："为啥那么喜欢看小丸子？"

"她属于太阳系、'暗黑星球'的成员嘛！"

"啥？"

"你们不觉得小丸子身上有着浓厚的'暗黑气质'吗？还是你们'90后'都不看《樱桃小丸子》了。"

"看倒是看，就没看出来你说的那种。"

"比如她爱撒谎啊，爱搞阴谋小诡计啊，还爱装可怜博同情啊……属于可爱风的'暗黑'嘛！"

"你这么喜欢暗黑啊？"

“自古纯情无人问，总是套路得人心嘛！”

“长岁数就是可怕，饭吃下去全变成狡猾了！”

“全变成智商了好不好！”Belinda 说，“聪明和狡猾，区别不在智力上，而在道德上！”

“嗬，姐姐出口成章啊！”

“好好读书！这是马克·吐温说的。”

那些无聊的午后，我们就是在跟 Belinda 斗贫中度过的。

Belinda 是个挺有意思的女人，你开她玩笑她也不生气，还会一脸坏笑地反击你。但有时候她也会忽然正经，教我们一些老师和家长绝不会教我们的东西。

比如，她教我们“撒谎”。

Belinda提示

≋

身为男人，必须要会撒谎！恰到好处的撒谎，既可避免冲突，还能增进情谊。善意的谎言可是男人一生不可或缺的能力！

“不过，谎言也是有体系的，独立的谎言成不了大气候。”

我们一致认为：自从认识了Belinda，我们在学“坏”的路上越走越远了……

撒谎的技巧

首先声明，我并不提倡撒谎，甚至非常讨厌撒谎的人，毕竟诚实才是人的立身之本。

但生活的诡谲之处就在于，如果你不论何时何地都全然诚实，反倒不美，中国有句古话，叫“水至清则无鱼，人至察则无徒”，说的就是这个道理。

善意的谎言，有时是人际关系中必不可少的润滑剂。

所谓善意的谎言，就是让一个无法承受现实的人，暂时不知道真相，给他/她一个缓冲情绪的理由。这个理由很重要。

说谎会不会遭人白眼，要看你的理由能不能令人听得舒服。人说痛恨谎言，是因为谎言代表了欺骗、不诚实。但在某些必要的时候也是需要恰当“撒谎”的。

来看看谎言的细节。

谎话，相信每个人一生中都会讲若干次。当然，一个一个的

☞ 聪明和狡猾，区别不在智力上，而在道德上。

聪明和狡猾，区别不在智力上，
而在道德上。

谎言讲出来后，接收者未必买账，但凡成年人，对谎言都是有一定免疫力的。

举个例子。

某天，办公室里的小柳儿请你下班后顺便从你家附近的商场里帮她捎瓶橄榄霜。可偏偏那天你因为匆匆赶回家迎接出差归来的老公给忘掉了，直到第二天早上才想起来，但那又是小柳儿千叮万嘱交代的事情，你不好意思说“忘记了”，又担心小柳儿心里不高兴，于是第二天上班时就跟她扯谎说：“真不巧，我们家附近那家商场这个月一直在搞促销，什么东西都疯抢，就昨天你让我带的橄榄霜，已经卖光了，我这几天有空就帮你留意着，如果上货了，就帮你捎一瓶。”或许小柳儿会说：“卖光就卖光吧，算了。”但是她心里未必会相信真的这么巧。这次撒谎之后，你要下班后抽空再去商场买一瓶橄榄霜带给她，作为补救措施。

当然，遇到这样的事情，我们完全可以直接和小柳儿说实话，告诉她忘记买橄榄霜的原因，她也会理解的。而我们一开始撒谎是为了给小柳儿和自己的情绪多一个缓冲的空间，让双方不至于一下子那么尴尬。但是这种手法就像女人的应急面膜，紧要关头贴上一张，可能会帮你摆脱尴尬，若是不加节制，“撒谎精”的恶名，你是背定了！

从今天起，每个人都该好好研究下“谎言”的命题。

听到这儿，我叹了口气：“我要早认识你，可能也就在原先的公司愉快地苟活下去了……”

“什么意思？被陷害过？”

“各种！”

“理解。我第一份工作是在外企，当时公司里有个女同事特别奸，我跟她一个项目小组，只要她做砸了的一概推我身上，我做得好的也会被她抢功。那会儿我脸皮薄，不敢当着上司的面争辩，她就得寸进尺。有一次气急了吵起来，我就把手边的水果刀攥起来了。后来我也只能离开公司了。”她把手指窝到眼前，似乎在很仔细地看那道疤，半晌她说：“其实后来我想想，自己真是傻。”

Belinda 说起自己当年的事，时间过了那么久，语气里竟还留有一些情绪：“光会‘撒谎’还不行，还要了解人性。除了实力和运气，也得要点‘阴谋诡计’！”

这话她说得很用力，听得出有泄愤的成分在里面。我们都笑了，虽然对她的了解不多，但也感觉得到，这位大姐，不是能耍出阴谋诡计的人。

我说：“大姐就你这演技，‘腹黑女王’的戏不适合你啊。你啊，还是看看《樱桃小丸子》得了。”

“樱桃小丸子怎么了?！樱桃小丸子装可怜博同情这招可是

很多人都用过的，且屡试不爽。当然，这招‘绿色无公害’，试试也无妨的。”

Belinda提示

≋

交换隐私，是获得友谊的捷径之一。

如何用隐私打动人

很多女人都擅长“诉苦博同情”的招数。

只要跟对方说出自己生活中的不幸，可能立刻就能换回别人的好感。

哪怕之前这个人对你存有的全是敌意、歹意、恶意。说出了你的苦恼，似乎，从此你们就结成了同一阵营。

这种办法是对的，但并不单单是因为人“同情弱者”的心理，也是因为很多人都有“窥私癖”。

很少有人不对他人的隐私感兴趣，即便嘴上说“不关心”，心里也会蠢蠢欲动地想要看上一眼。

当你对一个人透漏出一点点个人隐私，可能会吸引他的关注，同时，也许等于把他拉入了自己的阵营：得到了别人的隐私，便有义务做他的朋友，否则，便是无恩无义。

交换了隐私，可能更容易获得友谊。

生活中，总有些老谋深算之人，善用此类手腕。

似乎只是一句无意间说漏了嘴的秘事，说漏之后，又马上显出紧张的神色："拜托拜托，千万别说出去啊！"

对这样的人，对刚才他说漏的这句话，确实没有可传播的价值，但凡能漏出来让你听得到的话，都是事先想好了的无关痛痒的闲语，故意装紧张，不过是为了博取你的好感、你的心。

你可以不用学他们用尽那些手段，但照样可以用"隐私"的方式去征服对方。

不论世界怎么变，人永远只对"人"最感兴趣。

如果对方不喜欢你，那就试着跟他聊聊你自己吧，聊聊生活中鲜为人知的一些琐事，你说得有趣，便能慢慢软化他的心。

至于要紧的隐私事，还是不要轻易出口的好。

对那些摸不准底细的朋友，"显得"真实即可，过分的真实，还是会害你前程的！

我说："那 Belinda 姐姐准备跟我们交换什么隐私呀？"

"得了吧，我可没想跟你们小屁孩交朋友。"临走时，她伸伸头看看角落里的一鸣："喂，哥们儿，你写一下午了，写什么呢？"

我们店里的跑堂小哥一鸣是个挺内秀的男孩，桌子擦得足够干净、对待客人的态度也够谦卑和善，但他的梦想却是当一名战地记者。他有记录的习惯，于是每每我们在胡侃瞎扯的时候，他就坐在空桌子上拿着笔在本子上写画着些什么。

一鸣脸有点红了，他说我没写什么，就是平时有个习惯把一些见闻随手记下来。

Belinda 说："这男孩挺棒呀！够勤快的！——嗯，没错儿。年轻是本钱，但不努力就不值钱！"

CHAPTER 2

第二章

走过千山万水，

我终会留在“有趣的你”身边

到了八月，生意依旧不好，除了 Belinda，几乎没有什么稳定的客人，晚上来喝夜啤酒的客人亦寥寥。我看着大口吃着沙拉的 Belinda，心里犯嘀咕：她不是说量大价低也是竞争力吗？怎么世上那么多犯傻的人不贪便宜呢？

到了 Belinda 的咖啡时间，我亲自给她端过去的：“你说我这店里是该主推酒水还是西餐？”

Belinda 端起杯抿了一口：“我这人话可多，这一杯不够啊！”

“再给你煮上，咖啡管够，保你喝到下个月都不想睡觉！”

Belinda 抬抬眉，嘴角一挑笑出来：“嘿，小子！记住，你们既不是卖酒的也不是卖饭的！你们贩卖的，是陪伴。”

我一脸的懵懂，陪伴这个词过于静态，对我这年纪的人而言，还略显遥远。跟一个中年女顾客在西餐店里谈论“陪伴”，我脑袋里甚至有了些不太好的联想。

她一句话刹住我的联想：“你以为大家来餐厅吃饭就只是为了填饱肚子吗？能填饱肚子的餐厅有太多，如果你的定位就只是帮客人填饱肚子，那对手可就太多了。比你好吃、比你实惠的馆

子不计其数，为什么要选择你？必得是你这里有让人待着舒服的原因。”

我问她：“怎么才能让客人觉得我们是个好的陪伴者？”

“先学会一个原则吧：你必须是个有趣的人。——是的，我从不跟无趣的人浪费时间，哪怕他有钱有长相。”

我至今记得她那句话：“末流的商人贩卖物品，一流的商人贩卖服务，而超一流的商人贩卖的是情感。”

是的，那天 Belinda 说：“人生而孤独，在世间行走，都是在寻找陪伴。或长或短。”

这一天下午没什么客人，干脆门一关，前台的珠珠、跑堂的一鸣放下手里的手机，聚拢过来，后厨的活儿也停下来了。我们围着 Belinda 坐了一圈，五个“生瓜蛋子”仰着脖子活像五只等着妈妈喂奶的小羊，Belinda 一通神侃，最后得出一结论：“你们啊，都太没劲了！说话都没点风格，谁能记住你们啊！”

Belinda 说：“那些备受爱戴的人都有属于自己的一套语言体系。只字片语便能让他成为万绿丛中的那点红。一句能给人深刻印象的口头禅，是你从庸庸碌碌的人堆里跳脱出来的第一步！别跟我说你从小没养成什么有趣的口头禅。从现在开始为自己设定，一点也不晚。”

建立自己独特的语言体系

每个人都应该有一套专属于自己的语言体系，有了它，你便是万绿丛中的那点红，没有它，你便仍是万绿丛中的一点绿。

比如当年很多粉丝迷恋的周星驰，每当他在大银幕上说“我有事，走先”，观众席上总能爆发出嘻嘻哈哈的欢笑。

平平常常的一句话，做了些微调整，产生了不一样的效果。从此，人们记住了这个喜欢说倒装句的周星驰。

在生活中语言天才并不少，曾经接触过一个南方女孩子，按当地的语言风俗，她喜欢倒装句。

“你觉睡了没？”

“你饭吃了没？”

“你试考完没？”

这种语言方式在她的家乡原本没有什么特别，一来到北方城市，就格外显得另类有趣，提起她，大家总是呵呵笑“哦，那个说话颠倒的女孩子”。

另一个女孩子跟她不同，说任何一句话都要把主谓宾全部加满。她说话，总比别人多若干字。

“我今天上班路上买了一份杂志。”换成其他人，可能会简化成“路上买了杂志”。

“你可不可以帮我打杯水？”换成其他人，只会说“帮我打杯水？”

“这份文件是主任专门交代我做的。”换成其他人，会说“这是主任要的。”

乍看之下，你会觉得她很死板、很啰唆，但时间久了，大家也都记住了她和她一板一眼的说话方式，这也算是一种成功。

我们都不是演员，没那么丰富的面部表情和肢体动作。也不是人人都情商高到能时时迸发有趣的生活创意，所以，说话就成了通往“有趣”的捷径。

或许年轻的你会觉得这是在耍心机，连口头禅都要尽力去伪装。只接受自己喜欢的，那是性情，接受不喜欢的，才叫社会。这世上有时候只有圆滑，没有圆满。高才者或许可以适当任性，如果你才高不及八斗，学识不够五车，那么还是努力学习吧。白水再健康、再环保，人们还是抵不过咖啡、红酒、可乐的诱惑，因为，做人也需要“味道好”。

世上能人太多，如何能让自己从中脱颖而出，确实是个严峻的问题。至少得先让人记住你吧。也不必把这想得太难，也许仅仅是一句专属的口头禅，就能让你在他人的印象中加分不少。

至于如何给自己设计一套与众不同的语言体系……聪明的你，值得好好想想……

听到这儿，我们若有所悟。又觉得她并非单纯在说做生意的事。

Belinda 说：“我不是商人，没法教你们生意该怎么做。我是觉得，一个人如果能把自己做好，做什么事都能成。”

“可是这跟有趣又有什么关系？你说的这个记性好坏的事，没看出这样的人就一定多有趣啊？”

“你以为有趣就只是会逗乐子啊？作为社会人，真正的有趣，是好相处的性格，是具备一种让别人乐意与你交往的能力。”

Belinda提示

≋

有些人，相处越久你越爱他。这种时间深处的依恋，与一个人自身的丰富趣味有关。也不是所有漫长的时间都会让感情和感觉变得粗糙，如果是一个有丰沛情感和趣味的人，总会给人过目难忘的惊喜。

你会说话吗？

别觉得这样的问题很蠢。

会说话的人不一定说得好话。

如果你的话题永远围绕在不恰当的地方。

作为一个想要征服社会、获得全民肯定的人，要尽可能地避免谈论两类事情：自己和钱。

谈话主题永远围绕着“自己”的人太过主观、自我，周围人听在耳朵里，觉得你是在出风头，炫耀自己。爱谈钱是中国人的通病，但话题过多地围绕在钱、物质上面，会给人留下功利的印象，从而对你竖起心理防护栏。

具体例子来讲是这样的。

在任何一个公共场合，随便听一耳朵也会发现：越来越多的人谈话的主题都是紧紧固定在“我”身上。

两个女孩子会这样谈话：

“我上周刚刚去的香港购物。”

“我最讨厌这种苹果饼。”

“我很喜欢新出的那款彩妆。”

“我一点也不喜欢新买的那条裙子。”

……

姐俩儿谈得热闹，表面看起来没有任何问题，但如果把这些话逐句记录下来，你会发现十分荒谬。一对一答间几乎不带有任何逻辑关系。

她们不是在谈话，而是都在自讲自话，充其量是为了给自己找个听众。

虽然，对面的那个听众也仅仅是跟她抱有同样目的的人。

记住女人之交的不变定律：

女人之间的友谊基本都是靠倾诉来维系的。

一旦一方对另一方的倾诉表现出不耐烦的情绪，友谊，可能便没有存在的理由了。

很多女人都活在自己的世界里。人人都觉得自己是独一无二的，人人都不希望把世界的主角让给他人来做。

但想要得到别人的喜欢，至少，你该懂得不要总是跟别人抢戏。总是把自己定位为谈话的主角，那是一种“戏霸”的表现。

再就是谈钱。不少人有关心物价的喜好。

“你这件衣服多少钱？”

“这顿饭要花多少钱？”

“你们上次旅行一共用了多少钱？”

好啦好啦，不要再说了！这么关心 money，到底是有多缺钱啊你?!

☞ 我需要倾诉……

我需要倾诉…

在某些人眼里，挣钱是人生观，花钱是价值观，谈钱则是社会观。作为一个社会人，一切对于钱财的过于仔细的关心都散发着令人反感的贪婪气味!

可笑的是，有些还不够成熟的“青瓜蛋子”刚刚进入社会，为了佯装老练，偏要口口声声“世故”不离口！别扯了！在“人精”遍地的世道，这青涩的伎俩简直让人笑喷。

还是那句话：钱是你获得自由的一种工具，而不是用来装酷的利器——尤其是在与人交谈时。

说到这儿，你再想想看：自己真的会说话吗?

Belinda 顺便给我们普及了一下心理暗示语的概念：“要知道人的心理共性：只能记住自己愿意记住的东西，不愿意记住的东西会选择视而不见。遵循这样的规律，心理学家专门制定了两套受人欢迎和不受欢迎的词语列表。”

受欢迎的词语比如：爱、幸福、快乐、舒服、金钱、安全、新鲜、容易、利益、值得、信赖、价值、保证、发现、真实、健康、漂亮、优雅、活泼……

不受欢迎的词语比如：悲伤、困难、成本、辛苦、损害、死亡、破坏、合约、签名、担忧、出售、购买、责任、义务、失败、压力、价格、错误、交易……

从这两组词语中可以得出这样的结论：对于轻松、愉悦、能够瞬间感受到天降好运的任何事物，大家都是愿意相信和记住的，所以那么多骗子用低劣的骗术行骗，却屡屡有人上当，皆是因为打中了人心对好运气的需求点；而对那些刻板的带有压力和规范性的东西，大家本能上是排斥的，活着已经很累，谁都希望在压力的世界中，能够有机会不去想“压力”这回事。

举个例子来说吧，同样说一个人不会说话，用消极词语来表达是这样的：“这人说话尖酸刻薄！”

“尖酸刻薄”作为一个标准的消极词语，会立刻在对方心理上产生强烈的厌恶感，怒从心头起！

可换一种积极词语的表达方式，可以是这样的：“这人说话不够委婉，你还可以更有亲和力一些。”

“委婉”“亲和力”都属积极词语，虽然加上了否定前缀，但攻击力度并不强，对方反而更容易接受你的观点和建议。

在社交生活中，每个人都希望得到他人的正面积极的信息，当你想去说服一个人接纳你、赞同你，就该学着用积极的方式去感染他。

话语中要尽力避免让对方产生压迫的词语，要在轻松的聊天状态中，渐渐接近他的内心。即便是两公司的业务代表谈判，也

☞ 说话办事多些积极的温度，世界会变得简单许多。

Hi
说话办事多些积极的温度，
世界会变得简单许多.

不要一张口便是合约、责任、出货成本、交易价格，这很容易造成对方浓厚的压迫感，压迫感一来，往往会挑起人的逆反心，逆反心一来，这场公关战役就变得复杂化了。

说话办事多些积极的温度，世界会变得简单许多。

Belinda提示

≋

通常人们会把语言按照国家语种、民族方言来划分。其实语言也可以用性别来划分，可分为“男性语言”和“女性语言”。男性语言直白理性，说话讲究掷地有声，男人讲话注重真实、可靠、还原真相。女性语言相对婉转感性，带有主观性。女人说出的话，大多是已被她大脑加工过的二手信息。

说实话，这么大的知识量一下子灌输进来，一时间是有点不知所措。我推推一鸣：“你记住没，下次‘接客’注意点儿。”

小愉、阿萨坏坏地笑起来。

坦白说，这样的提点此前从没有过，即便有人这样提醒也会被我们嗤之以鼻。在某些“90后”的心目中，如果说话还要这样谨慎小心，那几乎可以被迅速断定为城府很深了。可上了几年班、开了几月店，被现实狠狠踹了几脚，发现有些套路不学还真不行。

我说："我们的目标都是做一个真诚与套路并存的人。现在我们几个，真诚都有，套路尚欠。"

Belinda提示

≋

人生有时是需要套路的，没有人可以直视毫无掩饰的人心。

Belinda 说："别一脸下定决心就此堕落的样子。套路有时候是装扮得更真诚的事实。如此现实的社会，人往往仍凭借着感性的好恶去选择伙伴。或者说，这是一种本能。人不论进化到什么程度，在选择人际伙伴时，还是会更多地依靠本能。所以，你要做的就是——征服他人的本能！"

因为 Belinda 的点拨，我店里从面点师到前台小妹，都知道了：让一个人喜欢上你，仅需半分钟就够了！

半分钟定胜负

有些自命不凡的人会说：让别人喜欢上我，是分分钟的事。

分分钟，太长了吧？

从心理层面讲，让一个人喜欢上你，只是半分钟的事。

初次见面，能否获得对方认同的关键在于前三十秒，能不能征服一个人，就看这见面半分钟。

很多人都克服不了先入为主的刻板印象，既然如此，初次见面，必须讲究技巧。

技巧是什么呢？

用六个字来概括吧：

时间。

如果你真的很有诚意地去赴约，那么初次见面，一定要比对方早到一点点。别太多，五分钟足矣。早到太多显得猴儿急，反而招人轻视，五分钟的提前显得重视，却又不掉价。通常一个比自己先到约会地点的人，一般人都不会讨厌。早到，这既是对对方的尊重，也是给他最初步的一点点心理压力："他比我先到，他比我重视，所以我有点不好意思。"事实证明，为了弥补自己的一点点愧疚感，接下来你的要求，他会更容易答应。

视线。

有一个科学道理讲：人与人相对而视时，先把视线移开的人是强势的人。

人都有这样的心理惯性：专注的眼神代表的是一种心理认同感，突然转开视线，便意味着打断了这种认同感。对方马上会感受到一种心理上的压迫感，进而会想："他是不是对我的话不感兴趣了？"于是，那些聪明的人总是善于利用视线来控制局面。如果他想打乱对方的阵脚，便会时时先对方一步移开自己的视线，给对方压力。如果他想佯装可怜换取同情，便会一直死守对方的视线不动摇。当然，视线相交的时间也不宜过长，时间过长便有"引诱"或"挑衅"之嫌了。

微笑。

微笑真的很重要。有些人虽然笑得很漂亮，但他笑得不叫人心安。初次见面，要笑得敞亮，要笑得通透，要笑得光明磊落，不要让人感受到心理上的负累感，要让对方觉得你对他没有过多的要求，对方才能放下心来接纳你。

真的，就这么几点。说的没错吧？

让人喜欢你，真的只需半分钟。

Belinda提示

≋

想获得一个人的好感其实很简单——谁能给他与众不同的体验，谁就赢了。先了解他的个人喜好，然后你要表现得很与众不同，这样才能让他对你很认同。人性皆是喜新的，所以这种俗不可耐的套路才这么容易击中人心。

“可是，如果我已经很努力了，他依旧不喜欢我怎么办？”珠珠听到这儿问。

Belinda 盯着她看了几秒：“小丫头，有故事哦。”

Belinda提示

≋

爱的产生，靠的是付出。为你努力过，才会喜欢你。

如何让不喜欢你的人喜欢你

“如何才能让不喜欢我的人变得喜欢我？”

嗯，这的确是个比较棘手的问题。

先来看看大多数人是怎么做的。

“我喜欢的男孩子不喜欢我，于是我为他做好多好多事情讨好他。”

“新来的工作搭档不喜欢我，于是我对他说：‘嗨，有什么需要我帮忙的事情尽管说话。’”

“老公的妈妈不喜欢我，于是我把家里所有的大事小事都包揽到自己身上。”

……

这一切做完后，很多旁观的人急于知道答案：“怎样怎样？他（她）开始喜欢你了吗？”

不用等他们的答案了，即便有答案，多半也是：“没有。他们照旧不喜欢我。”

那是当然的。

你喜欢的男孩子可以照旧不喜欢你，一个无关痛痒的人付出什么努力对他而言都无所谓。

新来的工作搭档也可以照旧不喜欢你，你的热情讨好看在他眼里也许仅仅是口蜜腹剑。

老公的妈妈看到你承担了所有的家务，也许会认可你的能干，但心眼儿里未必会喜欢你，得到一个人的认可和得到一个人

☞ 快来喜欢我吧。

快来喜欢
我吧

的喜欢，不是一回事。

懂了吗？

想让一个人喜欢你，靠的不是你单方的付出，扭转全局的关键点在于要学会诱导他们为你付出！

你喜欢的男孩子不喜欢你，你应该想法子找点事情“麻烦麻烦”他。

新来的工作搭档不喜欢你，你应该瞅准机会楚楚可怜地对他说：“有点事情，可不可以请你帮忙？”

老公的妈妈不喜欢你，你应该甜甜地对她说：“我好姐妹生病时吃到了婆婆煮的鱼汤，我也好想吃到这样的‘婆婆汤’啊！”

当他们禁不起你充满了祈求和渴望的眼神，勉为其难地答应下来时，你该转过头去偷笑了，因为，你已经成功地撬开了对方的心理关口。

一个人在为另一个人付出了心力之后，自然不会再仅仅把他当成敌视的人了。

有这么个故事：二战时，一个犹太家庭遭到迫害，家里的两个儿子分别去寻求帮助。其中一个儿子找到了自己家曾经帮助过的一户人家，另一个则找到了曾经帮助过自己家庭的一户人家。结果前者被出卖，而后者被保护了下来。

每个人的付出，都是渴望回报的，同时每个人都不愿意承认，让自己付出过心思的那个人是令自己作呕的讨厌鬼！为你付出之后，他会说服自己去喜欢你。

如果以前的你总爱说“嗨，我能帮你做点什么”，接下来该试着说说“嗨，能帮我做点什么吗？”

我已经认定 Belinda 是个疯狂的功利主义分子！不过这么功利的话听起来不觉刺耳，反而十分受益，这也令我始料未及。后来我想想也是：谁跟钱有仇啊！在还没实现绝对的财务自由之前，没资格玩儿那些清高的把戏。

此刻我不禁问起了今天一直盘旋在脑袋里的那个问题，虽然有点难为情：“客人一直这么少，可咋办？”

Belinda 把食指冲门外一点：“外面这么多来来往往的人，很多人此刻肚子还是饿的。第一次选择进入一家餐厅，无疑是一次探险。但让客人把探险地变成每天的休憩地，这是商家应该费力琢磨的。”

Belinda 接着说：“你之所以留不住老顾客，是因为没有给客人必须再次光临的理由。在生意场上，如果你很随意地对待每一次见面，那么每一次都有可能是最后一次。”

☞ 我很丑，也不够温柔，咋办？

我很丑，
也不够温柔，
咋办？

Belinda 那天教我们，先从记性开始练起。

她说："谁都希望自己记性好，但进入社会久了才会知道：能'好'能'坏'的记性，才是成功的必要。"

巧妙利用好记性

社交中，记性好的人，大多是受欢迎的。

而记性好的人不见得是天资多么聪慧，只是用了心。他要求自己记住一切相关的重要人的信息，下了功夫，自然就在脑袋里扎了根。

他说："你好，安妮。"

安妮一定受宠若惊："上次不过匆匆一面，你便记住了我的名字！"

他说："小琼，海鲜性寒，吃多了对你肠胃不好。"

小琼感动到几乎泪下："我只是顺嘴说了一句胃不舒服，你竟然记住了！"

他说："阿蓝你上次戴的项链很漂亮，跟衣服很配。"

阿蓝简直震惊到不会讲话："这些小事你也记得！"

相信，这次见面之后，安妮、小琼、阿蓝，无不对对面这位"他"喜欢到无以复加的程度，因他让她们觉得，自己是个极重要极特别的人物。

巧妙地利用好记性，会起到很多不一样的作用。

如果你对面是个真诚平和的可爱伙伴，那一定要牢牢记下一条他的性格特征，以备下次见面时，作为联络感情的敲门砖。

如果你对面是个不可一世的傲慢家伙，则要换另一番说辞上场了。

通常傲慢的家伙爱炫耀自己："我刚刚去北海道度假回来，我每年不换新车就觉得没劲，我家的房间每晚换一间一周都睡不完……这些我都跟你说过吧？"

你要记牢，绝对不能回答"是，我知道"，你必须要对他说："也许你说过吧……不过我不记得了。"——就是要告诉他：我对你的事情才不关心，你没有那么重要！

一番令他很没面子的说辞结束后，他会气你、会恨你，但如果一味顺着他的口味附和，他只会瞧不起你。

对那些不可一世的人，宁愿他恨你，也莫让他瞧不起你。

他恨你，至少尝到了你的"辣味道"，不敢对你怎样；若瞧不起你，这样的势利小人便能够为所欲为地践踏你。

每个人都希望自己是与众不同的，而与众不同最好的证明，便是被人记住。

巧妙地利用记忆力，是社交的一门重要技术。

不光要学会说“当然，我记得”，更要学会说“抱歉，我不记得”。

对于友善的人，要让他感觉到你的关注，要让他不由自主地靠近你，让他对你放下防备。

对势利的人，一定要让他意识到你的轻视，这是给他一点点心理上的压迫感，让他不敢对你乱来。

小时候看《红楼梦》，有一回讲的是贾府众千金贵妇在清虚观打醮看戏，宝玉手拿着张道士孝敬的金麒麟出神，人人觉得这麒麟眼熟，但人人都说不清它的出处。

唯有宝钗一语点破：“湘云妹妹也戴了这么个物件，只是稍小些而已。”

疑惑恍然明朗。

黛玉心里作酸，直讽宝钗：“就只在这些别人穿戴的物件上用心思。”

她是嫉妒，也是不得不服。

林妹妹没有这份巧心思。难怪湘云妹妹对宝钗姐姐是一口一个的“亲”，能得人拥爱，宝钗是下过功夫的。

薛宝钗，永远不会过时，也许你不需要她，但世界需要她。

一个能让全世界都需要的人，你该学学她的优长了……

喝到第三杯咖啡时，Belinda 摇摇头："不行了，真的不能再喝了，晚上真要睡不着了。差不多就到这儿吧。"

她伸个懒腰准备要走，我们几个先后起来摆出了准备送客的姿态。忽然她问："你们几个是谁？"

"我？我是老板啊。"

"我是前台小妹。"

"我负责接待客人。"

"我是主厨。"

"我是面点师。"

听完我们五个的自报姓名，Belinda 摇摇头，就倚在桌边儿边整理手提包边说："不行不行，这样谁记得住你？"

Belinda提示

名字，是人很重要的一张身份证件。想通过这张证件为你加分，你就得学会运用"强化记忆法"。

名字可以带给你什么运气

每个人都会被问到这样一个问题："你是谁？"

面对这个有哲学味的问题，往往你会这么轻描淡写地回答：

面对老师的询问，"我是 A 班的学生"。

面对老板的询问，"我是营销部的员工"。

面对合作方的询问，"我是某某公司的代表"。

……

每个人都会认为这些答案没有错。一句话说明自己的身份，简洁直观。

但这未必是为你加分的答案。

记住这一点：下次若再有人问到"你是谁"，你该直接告诉他你的名字。

一个对自己名字表示出重视的人，自然会引起别人的重视。当你朗声报上名去，首先就是对自我价值的一种信心：我可不是无名无姓的蝼蚁！

这样做的好处是，你会第一时间调动询问者的思维：是的，对于一种习以为常的身份头衔，大家可能不会有过多的反应。但对一个陌生的名字，人或许永远会抱有几分探秘的心。他会跟定你的名字去思索。

另外，反复跟一个人重复你的名字，强化他的印象，然后让他记住你，这也是最有效地拓展人际关系的办法。

古代的臣子，每个人都争相施展绝技，以期在帝王印象中获得一席之地，他记住你了，你的好运气自然也就来了，有了什么好事，最先想到的自然是你的名字。

人似乎总是这样的:总爱把机会留给那些印象更深的“名字”。

如果你认为那个人是决定你前途走向的重要之人，你该有意无意地把自己的名字对他重复，重复多了，你的机会就来了。

作为一个上进心强的人，不要总是谦虚地说：“我的名字不值一提。”

没有不值一提的名字，只有不值一提的人。

不想做这样的人，应该常常报上名去！

Belinda 临出门前扭头又问了一遍：“嗨，你们几位是？”

“我，万谦。”

“我是珠珠。”

“段一鸣。”

“阿萨。”

“小愉。”

Belinda 开心地笑起来：“好啦，五位，下周见！”

☞ 哎呀，我记得你！

哎呀，我记得你！

3
CHAPTER

第三章

你要“雌雄同体”，
才能游刃有余

九月的生意略有起色，秋风一来，气温降了不少。鉴于夏天麻辣小龙虾的火爆每一条街，秋天一开始，阿萨就开始琢磨上了，要让大家把对小龙虾的爱延续下去呀！

于是，小龙虾烩饭在“Young Zone”风光登场了！阿萨借鉴了葡萄牙海鲜烩饭的做法，米饭加橄榄油加水烩至浓稠，里面的蛤蜊、鱿鱼、西芹甚是提味，整条的新鲜小龙虾肉极有嚼劲儿，一钵足够四个人的分量。这个秋天在“Young Zone”还真卖火了，这样紧窄的店面，一天热销十几钵！

Belinda 也好这口，不过食量虽大，她也吃不下一整钵，每次我会单给她上一碗，是比别的一人份更大的碗。有的客人指着她的碗说要那样的标准份，我说：“那是我姐，吃工作餐呢。”

Belinda 就瞅着我哈哈地笑。我虽然对她所知甚少，我们似乎又早已亲如一家。

我的哥们儿猴子新换了份工作，薪水不低，但内容说出来有些尴尬——推销女士内衣。

第一次讲这事儿时，他刚好在我店里点了一份芝士肉酱面，没吃到一半，非得要醋，他叹着气说：“不行，我得开开胃。现在一想起不同年龄层的大姐大婶大妈事儿事儿的脸，我胸口直犯闷！”

珠珠在柜台后忍不住哈哈笑起来。

猴子一眼瞥过去：“笑屁啊！”

叉子一扔：“我现在都不敢吃馒头，一看见圆的、白的就恨不得拿胸罩往上兜！”

我跟猴子从初中起就认识了，凭这十三年的经验，我知道他现在遇上死胡同想不明白了：“说说，怎么回事儿？”

猴子把叉子捡回来：“业绩不好呗。也是，天天跟各年龄段的妇女经销商打交道，真搞不明白女人是一种什么生物。”

“那你还干这行？辞了得了。”

“提成高啊！这家品牌新创的，老板是一广东人，以前卖面膜赚了不少钱，一拍脑袋想着如果连裤衩、胸罩一块儿卖给女人岂不更赚钱？也难为他一大老板一天到晚拿着女人的裤衩又摸又闻的，这个是中药的，那个是无菌的……天哪！”

“你还不如人家呢！明明讨厌还非要干这个。”

“老板说针对女客户就得男专员，这叫荷尔蒙效应。可这帮姐姐是真不好应付。我不是想着五年之内要是多挣点钱能在北京攒个首付么。现在燕郊、门头沟的房价也不便宜啊。”

猴子一直挺要强，至今还和爸妈挤在南三环的一处一居室里，女朋友谈了两个，都不了了之。我看他把盘里的饭和着醋汁全吞进肚里。在他起身的那一刻，我忽然第一次意识到：要在大都市很好地生活下去，不努力真是不行。

于是我想，做事情真不能这么晃晃悠悠坐以待毙。

大概两个小时后，Belinda 来了。尼斯沙拉刚刚端上来的时候，我忽一转念："Belinda，我有个哥们儿，最近感觉有些想不通，点拨点拨他呗。”

“我又不是咨询师，点拨坏了不管赔啊！” Belinda 只顾酷酷地埋头嚼菜叶。

“不用赔，反正他目前也离报废不远了，”我一边拿着手机给猴子发微信，一边扭头跟 Belinda 说，“姐姐还想吃点啥，今儿我请啊！”

Belinda 大吃大嚼地笑说：“今天的烩饭里多给我盛点小龙虾呗。”

“没问题！我让阿萨专门给你炖一盘子小龙虾！”

☞ 真搞不懂，女人到底是种什么生物？

真搞不懂，
女人到底是种
什么生物？

猴子还在路上，这会儿离晚饭时间还早，我和珠珠你一言我一语把猴子的困扰大概复述了一遍。末了珠珠说了一句："跟女人相处是不容易。知道我为什么来这工作吗？就因为这店里除了我没别的女人。"

珠珠完全没理会我的白眼，继续说："我现在都不敢跟之前的姐们儿见面了，一见了不是比来比去，就是酸来酸去。没结婚的瞧不上结了婚的俗,结了婚的瞧不上没结婚的作,真够没劲的！"

Belinda 说这正常啊，攀比本来就是很多女人的社交手段之一。女人的美，不是美给男人看的，是美给女人看的。如果这世上人类全部死光光，只剩下一男一女两个人，女人定然没有了梳妆打扮的兴趣。女人的天敌是同类，同类不存在了，对手不存在了，美丽的意义也不存在了。

"女人几乎都是不愿认输的，见了棺材也不肯落泪。——都说男人爱面子，但在面子问题上，女人可能比男人更顽固。就好比某些中国女人一般不嫁自己看好的男人，而是要嫁给大家看好的男人一样，女人都需要找个好老公，不仅仅是为了生活，也是为了有谈资。

"很多男人都讨厌老婆出门聚会，每次女人聚会结束后，都是老公们的受难日，若是谁家女人比输了，回来必定要拿男人出气！找个好男人，有些人也是为了嘴上说起来有优越感。女人有时不需要吃很贵的饭菜，不需要穿很贵的衣服，只需要有一套很贵的说辞。——当然，有些人吃很贵的饭菜，穿很贵的衣服，也可能仅仅是为了那套很贵的说辞。对这些人而言，如果这世上没有了攀比，似乎一切钱财名利都全无意义了。”

没等 Belinda 说完，珠珠忽然惊呼：“对了，我最近玩得好的一个姐们儿，以前就被她一个女闺蜜坑了，没结成婚！”

于是，在这个百无聊赖的秋日午后，我们几个男生就这么靠在椅子背上听起了珠珠姐们儿的故事：

一个爱玩的姑娘，遇上了一个她认为可靠的闺蜜，作为一枚耿直 girl，快乐不快乐的事，全都一股脑地倒给闺蜜听。初恋男友，办公室情人，年轻女人丰富且又浮荡的青春艳事。她受了伤，闺蜜会第一个冲上去拍她的肩，指骂负心男人薄情郎。女孩儿理所当然地认为：亲姐妹，也就不过如此吧。

辗辗转转几年后，女孩儿终于找到了自己认定的归宿——一个完美男人。财貌双全，智勇无双。终于，放下所有的玩心，下定决心要做个贤妻良母。女孩儿兴奋，约会之余，最大的乐事就是向闺蜜倾诉快乐。第一次的吻，第一次的泪，第一次被巨大的幸福冲昏了头脑！

的确，她是被幸福冲昏了头脑，以至于没看出闺蜜眼中的异样。

没过多久，完美男人跟女孩儿提出了分手，他说："我还是接受不了一个爱情履历如此丰富的新娘！"

她一下子就蒙了！初吻、初夜、酒后乱情、年少轻狂……这个男人竟然对她的一切了如指掌！

她身如筛糠，只想求一个真相。

他冷笑：你该去问你的好姐妹！

曾经最亲近的姐妹，此刻变成两相对峙！

闺蜜并不否认自己做"小人"：论学历、论能力、论美丽，你哪样比得过我?！凭什么你比我幸福！

"天！你说那女人心里怎么会有这些邪恶的想法！"

Belinda 摇摇头："别说我偏激啊，我对女人之间的友谊向来没那么看好。友谊，也是要分性别的。男人的友谊和女人的友谊，从来都不是同一回事。"

这就是分性别的友谊：男人与男人之间只爱分享快乐，男人对着男人诉苦，那是一种尊严上的贬值，男人，永远只喜欢与比自己强的男人做朋友；女人与女人之间只能分享痛苦，女人对女人说多了幸福，接下来的可能就是嫉妒和排挤，女人，似乎永远只能心平气和地与比自己更倒霉的女人交往。

明白了吗？如果你跟女人交往：你的痛苦有可能是别人的事，因为那可能帮别人平衡自己的心理，但你的幸福只能是你自己的事，与别人无干。

即便是亲姐妹、干姐妹、闺中姐妹，自己幸福，偷着乐乐就好！

这时候阿萨端着烩饭亲自递过来，突然腼腆地一笑："看来我这种没人赞美也没人陷害的人还算是福气啦！"

"没有死党也没有敌人的人，就是凡夫俗子，" Belinda 接了一句，"不过你是有人赞美的，你做的海鲜饭在我这辈子吃过的所有海鲜饭里能排前三。"

阿萨又嗤嗤地笑着回厨房了。

珠珠也笑了："Belinda 姐，你真是又'毒舌'又'鸡汤'！又天使又像恶魔！"

"我只是爱说真话，假话宁肯不说。当然，你年纪轻轻的最好别学我，像我也是熬了半辈子，终于可以无所顾忌地活着。我年轻那会儿，也还是会装一装的。"

"怎么装呀？"

“女孩子之间就是这样啊，小小的嫉妒、小小的羡慕、小小的亲热、小小的讨厌，即便闺蜜也是一样，就好比是最亲密的敌人。”

Belinda提示

≋

当一个女人对你哭诉，对你诉苦，可以为她递上纸巾，但一定要管牢自己的嘴巴，不要贸然开口献策。

面对女人的诉苦要当心

一个女人向你倾诉，通常为的是寻求理解。

一个男人向你倾诉，为的是寻求解决。

这是男人女人讲话最大的不同。

很多搞不清楚这个道理的人，面对对面喋喋不休地诉苦的女人，总是不明就里地胡乱支着儿：“跟他分手”“让他道歉”“坚决不能容忍他这样的错误”……

若跟她是多年的闺中好友，不论你支什么样的着儿，好听的还是不好听的，她倒也不会太在意。若仅仅是一个公司两个平时没有交过太多心的同事，那问题可就大了。有苦可诉时，她觉得你是良朋密友，情绪一过，滋味可能就跟先前不同了。

办公室内外，常常听到这样的话。

“那个小江居心不良，上次她竟然劝我跟老公离婚！”

“对啊，对啊，上次我跟男友吵架，信任她才跟她说的，结果她也劝我分手。”

“她对我不一样。我说我老公跟前女友又腻上了，她让我能忍就忍吧，还说离了婚，以我的条件再也找不到比现在老公强的男人了！”

“真是瞎出主意！”

“自以为是！”

……

这些女人个个都以为自己碰上了不良同事，倒霉！

实际上更倒霉的是那个“小江”，吃力不讨好。

怪只怪，虽然同为女人，她到底没有搞明白女人是什么动物。

女人的诉苦，往往并不是抱着获得建议的目的，而是希望获得支持。

她不需要更有智力的人指点迷津，事实上，大多数女人总觉得这世上没有人能赶超她自己的智力。就像是写一篇议论文，总

☞ 只要你过得比我好，我就感觉受不了。

只要你过得比我好，我就感觉受不了。

要四处搜罗佐证元素，观点才能站得住脚。向你诉苦，不过是拉你入她的同盟。

是的，她需要的是同盟，不是老师。

要搞懂女人诉苦的含义。

如果周围同事再有人向你诉苦，只管锁眉点头表示支持就好，多余的话，还是不要讲了。

讲了，不管对错，可能都是错。

Belinda 对珠珠说："教你一个跟女人做朋友的办法吧。可以先从穿衣打扮入手。"

与女人交善的秘诀

一男一女，迎头走过来，一半以上的可能性是：各走各的，两不相看。除非，这男人特别帅，或是这女人格外的美，否则很难黏住彼此的目光。

两个女人，迎头走对面，九成九的可能性则是：甲女从头到脚扫过乙女，乙女亦从头到脚扫过甲女，甚至走过了眼睛的余光范围，还要回头补上两眼。

当然，如此盯着人家看，不代表对面这个女人有多美，只不过，女人永远不会把视线从同性身上的服装鞋帽中撤离回来！

曾有女人诉苦：“我最讨厌跟女客户打交道了！跟男客户谈生意都是顺顺当当的，可一到了女客户那里，她们常常会提一些莫名其妙的要求为难我，我把条件降到底线依旧讨不到她们的好！这些女人，是不是更年期提前了啊？！”

扫了一眼她身上的名牌衣装，我了然一笑。

人际场上，人人都明白一个道理：衣服，也是一种身份的象征，衣着体面的人比衣着寒酸的人往往更有分量。

这是个道理，但不是百分之百的真理。

体面，也要有分寸。锦衣华服，是女人的一种示威：瞧瞧吧，我比你强百倍！

即便你的脸上挂着笑，但对方眼里似乎只看到了你心里面的冷笑。

明白吗？

女人与女人见面，如果想讨到对方的好感，不要穿得太时尚，毕竟，有些女人眼里就一个“比”字，你的贵气首先是一种咄咄逼人的气势，你向她挑衅，她如何还能平心以对？

异性间，女人永远不希望对方比自己弱；同性之间，女人永远不希望对方比自己强。

都是这样的：男人要想俘获女人的心，一定不能穿得比她差。

☞ 把玻璃心摔碎，换个结实点儿的……

把玻璃心摔碎，
换个结实点儿的……

女人要想捕获女人的心，至少不能穿得比她好！

直到咖啡上来，猴子才闷着头撞开店门，一进来就问：“什么大师啊，非把我拖回来，好容易今天休一天。”

我一抬腿，膝盖对准他屁股上一顶，下巴一指 Belinda：“叫姐！ Belinda 姐！”

Belinda 端详了猴子半天：“长得不错呀，脸上线条挺柔，是招女人喜欢的样儿啊。”

这一来倒把猴子给说得不好意思了，一直红到脖子根儿：“我是卖女人内衣的，可不卖身啊。”

Belinda 嘴角一个不屑：“夸两句你还真喘上了！就你这‘青瓜蛋子’啥也不懂，真想卖也得有人买啊！”

猴子僵在那儿，坐也不是站也不是。

Belinda 哈哈笑了：“小朋友，别紧张。姐姐对你这个年龄段的弟弟确实不感兴趣。听你兄弟说你在做跟女人相关的工作，这么害羞哪行啊?！”

那天 Belinda 给猴子上的第一课就是：先把你的玻璃心给摔了。现在你需要一颗结实点的心脏。社会比较现实，不结实不行！

Belinda说："既然你要跟女人打交道，那我就跟你说说女人。其实也没必要把性别分那么仔细，男人女人有时候差不多。有些东西终究是人的通性。"

一下午时间，Belinda给猴子的几个分享，我们都细细听了，甚觉受益。觉得即便不卖内衣裤，将来追女朋友的时候用用也是不错的。

Belinda提示

自尊心强的女人最易被攻下。

有个有趣的现象：越是自尊心强的女人，越容易陷入一个个无自尊的陷阱。

虽然她有她的骄傲，但往往她的骄傲顶不到最后。

很多自尊心强的女人觉得纳闷："明明事先想好的种种、绝不肯让步的底线，为何到了最后反倒鬼使神差地举了白旗？不喜欢的男人成了自己的男朋友，不喜欢的事情还要挣扎着去做，不喜欢的生活方式填满了二十四小时……天哪！这绝不是预想中的那样！”

为何会出现这样的问题，这就要研究下自尊心强的女人的心理活动了。

越是自尊心强的女人，越是对自身有着足够的信心，在拒绝对方时，也格外显得决绝。男人的求爱，她直接说“不行”；同事的求助，她直接喊“不好”。自尊心越强的女人，越学不会拐弯，自身的好条件，让她们习惯了直来直往。

在一声声的“不行”和“不好”喊完之后，自尊心强的女的自尊心开始发酵了。自尊心强的女人心里都有一份超越常人的敏感，在拒绝了对方之后，她会慢慢静下来想，由己及人，会懊悔自己做得太绝、会责备自己心肠太狠。自尊心强的人，不仅仅在意自己的自尊，更会在意对方的自尊，伤到了谁，她都会有些坐卧不安。

那些擅长攻心术的对手们，常常会在此时开始全面反攻。

受到拒绝后，他们不坚持，只是慢慢地走开，一脸落寞，要用自己楚楚可怜的情态去诱发自尊心强的女人心中的悔意。他们知道，只要她开始有了不安，接下来的事情就都好办了，晾她个三两天，之后再次开口，之前所有的“不行”，八成都会变成“行”。

自尊心强的女人，输给的永远是自己的那份自尊心。

自尊心越强，心肠往往会越软。她认为伤了对方的面子是天大的事，其实在对方看来，只有切切实实获利才是天大的事。于是，自尊心格外强的人，反而最容易被别人牵着鼻子走。

Belinda提示

当一个女人对你说“给我提提意见呗”，对面的你要打起精神来，一场“心战”开始了。

读懂女人的邀宠心

男人经常会诉苦：“搞不懂女人这种动物，莫名其妙！明明她说‘给我提提意见呗’，可我的意见刚一出口，她立马脸上晴转阴，瞬间就冰雹雷电了！女人真是不可理喻！”

看来这还算是个经验不丰富的男人，至少他还没有彻底搞清楚女人这种动物。

记住一个道理：但凡女人对你提出给她“提提意见”或是“挑挑毛病”的要求时，通常这就是一种在向你索取赞美的暗示了。

如果这时候你不解风情，认真地直话直说，那么，等待你的噩运马上就要降临了！不想被对方的咒骂和眼泪砸死淹死，赶紧想办法逃吧！

女人的这种心理，可能连她们自己都没有意识到，说出来她们也许会有点手足无措："怎么可能，我不是这样想的。"

我知道我明白。你脑袋里确实不是这样想的，但你的潜意识里，早已如此这般规划好的。

女人天生不是受打击长大的动物，女人是要用来夸的。不受夸赞，便没有了动人的理由；不受夸赞，便没有生活下去的信心。

可惜大多数时候，她身边的男人过于木讷，搞不懂她的心思，只好逼得她拐弯抹角来邀宠。

"这是我刚学的一道菜，你吃吃看，会不会难吃？"

"这是我刚刚设计好的创意案，给我提点意见嘛！"

"这是我新买的连衣裙，似乎也不算太好看，是吧？"

看明白了她的真意没？

但凡能让一个女人端得出来、拿得出手、摆在她爱的男人面前的东西，大多是她早有自信的物件，女人向来不是爱唐突、毛手毛脚的物种，所谓的请你"提提意见"，不过是种变相的炫耀。

当女人抛出这一系列的连珠炮弹之后，确实是到了考验一个男人智力的时候了：

直肠子的青涩男人通常会直来直去，言简意赅。

历尽情路的成熟男人则会毫不犹豫选择大夸特夸。——不论这道菜是不是真的难以下咽，但这个时候，至少是这个时候，绝对不是挑刺的时候。

如果这其中真的太多刺，令你如鲠在喉，不得不挑，那么过了今晚，换种平和鼓励的方式对她讲出来，如此，才是真正能够对女人奏效的建议方式。

女人都不想表错情，这就要求她对面的人不能会错意。

与女人交往，都是这个道理，如果你身边有个女人向你展示她的成果、她的一切物品，顺便请你指正，别忘了，好好夸夸她吧。

Belinda提示

≋

赞美也需技巧，否则便流于溜须拍马之俗辈。若能把一个夸得出人意料又情理之中，这才是最高超的恭维。

赞美，要出其不意

女人不爱条件好的异性。

女人可能都爱会夸赞她的异性。

一个男人，若能把女人夸得心花怒放，那便离获得她的忠诚不远了。

这说明了什么道理？

——女人可以不信命，但很多女人都信夸。

多年来，人们常说这样一句话：“对一个刚穿了新衣的女人，不能夸她衣服漂亮，要夸她人漂亮。”

这仅仅是相对的真理。

正确的做法应该是：

美女穿了新裙子，要夸她衣服美。丑女穿了新裙子，则要夸她人美。

美女本来就对容貌有自信，夸得人太多，不需你再锦上添花，只需你用赞美声稍事点缀下她的品位即可。

丑女对容貌素乏信心，穿新衣是为了让自己的相貌加分，丑女最爱的永远是别人对她相貌上的肯定。

最完美的赞美，要出其不意。

唯有出其不意，才能出奇制胜。

赞美一个女人身上原本就广为人知的大众优点，对她而言，无足轻重。但发现一个女人身上那些鲜为人知的小众优势，对她而言，则是一份惊喜的重视了。

就比如，面对一位大眼美女，要夸她柔润的红唇。也许她的嘴唇真的比不过眼睛的美，但你的夸赞会令她眼前一亮，从而对你记忆尤深。

假如你善于发现美，能从她身上找到连她本人也未找到的亮点，那可以肯定，你要获得她的好感了。

是的，让女人喜欢上一个人，就要让她时时处在惊喜的包围中。让她感觉下一秒永远不可预知，才会真的对你记忆尤深。

Belinda提示

≋

女人爱“心”，也爱“皮”。心是情感，皮是服饰。要想获得一个女人的“心”，先得赞美她的“皮”。

永远不要贬低女人的服饰

记牢这句话：永远不要贬低女人的服饰，就如同永远不要对相貌平平的女人说出“丑”字。

☞ 哎呀，你的衣服真有品位哦~

哎呀，你的衣服
真有品位哦~

很多人会发现这样一个有趣的现象：与一位陌生女性初次见面，如果夸赞她身上的服装饰物，那她会迅速对你卸下防卫，展露出真诚、亲切的笑容，接下来的谈话也会融洽很多。

是啊，在社交场合，但凡女人愿意穿戴出来的衣服饰品，无不是她精挑细选过的。

贬低一个女人的衣服、鞋帽等整套行头，无疑是全盘否定了她之前所有的工作。谁都不喜欢被否定，尤其是女人。如果你不能肯定她，至少不要否定她。一旦你否定她，在女人的心里，你便永远是不受欢迎的来客。

于是可以明白了：让一个女人的心迅速软化的最佳药剂是什么？

答：肯定的赞美，尤其是细节上的。

当你对她说："你这件新上衣真不错，款式正配你的身材！"

这就如同一把钥匙，瞬间打开了她原本紧闭的心门，从这一刻开始，她会把你视为知己。

而且，以衣服、首饰做引子，每个女人都有聊不完的话题。只要你能打开一个女人的话匣子，那么离你想要达成的目的便不远了。

有本事让一个女人对你讲话，便有本事让一个女人喜欢上你。

当你疑惑：对面那个女人冷若冰霜，倨傲难当，我该怎么接近她?

那就跟她谈谈衣服吧。

也许，面对你的赞美她脸上的表情暂时没有大的变化，但相信她心里已经有了不一样的触动。

Belinda 说到这里，阿萨突然冒出来一句：“您说要是一个女人总是在你面前话特别多，怎么应付？”

Belinda 眼睛一瞪：“你不会是说我吧？”

阿萨慌得忙摆手：“不是，不是，我是说我一朋友。”

“哎呀，阿萨有情况啊！”

我们一堆人哄笑起来，每天闷声不响煎牛排、烩意面的阿萨一见女孩都脸红，这会儿更是扭头就往厨房躲。

我把他拽回来，Belinda 呵呵笑了：“你们这些小孩儿，还真挺可爱！”

Belinda提示

≋

女人喜欢讲话，尤其是对自己喜欢的男人讲话，她反反复复地讲，无休无止地讲，她把自己剖白到干净彻底，那是因为，她没有安全感，她需要你的保护。女人一生都在寻求保护。而女人寻求保护的手段，有时，仅仅是讲话。嗯，话多也源于自卑。

那些絮絮叨叨说话的人，大多是缺乏自信的人。

真正胸中有万千丘壑的人，不会轻易开口。

她心中早已有了整盘的棋局，不需多言，已有了指点江山的自信。

多数女人做不到这点。她们爱讲话，尤其爱剖白自己。

“告诉你，我是个怎样的人。”

“告诉你，我的想法是怎样的。”

“告诉你，我喜欢怎样的生活。”

……

女人的倾诉欲，反映出的是一种弱势心态。但凡一个女人，把全部的自己和盘托出，然后一副楚楚可怜的样子坐在对面，说明，她是在向你寻求保护。

她把自己表白彻底，以此断了你欺她骗她的可能。单纯可怜如斯，你若还敢生出负她的心，便是无情无义无人味。这样的坏人，会受到全社会的“审判”。

这样的女人是聪明的，但也仅仅是软弱的聪明，她没有敢于靠自己成功的魄力。

这样的女人是安顺的，没经历过波澜，也就缺乏应对波澜的胆气。

如果你的对面坐着一个对你坦诚到极点的女人，你该常给她鼓励，你要让她看到你眼里的“肯定”。

如果你是个絮絮叨叨不自信的女人，你该学着锤炼自己的心性，无人鼓劲便自己鼓劲，无人喝彩便自己喝彩。慢慢学着推倒身边所有的扶椅，自己的路，终归还得靠自己来走。把安全感拴在别人身上的人，总不会有最终的安全感。

如果你自认是个弱势的人，又不想别被人轻视，那么，也有速成法：每到人前，时刻提醒自己——少说两句。

Belinda提示

≋

怎么才能拥有男人女人双人缘?

“人缘”是个好词语，男人女人都爱它。

女人总渴望有“男人缘”，男人总渴望有“女人缘”，而男人女人共同的渴望是：既有男人缘，又有女人缘。

如此一来，纵横职场，征战情场，永远都能所向披靡！

这是妄想！

生活中，有些女人有女人缘，有些女人有男人缘，但很少有女人既有男人缘又有女人缘，只因为，男人和女人所喜欢的类型永远不同！

同样一个女人：

女人会鄙夷——“瞧她，一脸狐媚相，风骚又媚俗！”

男人会赞叹——“瞧她，一身风情骨，魅力又智慧！”

同样一个男人：

女人会迷狂——“帅死了！酷爆了！他一笑，我整个人都要晕掉了！”

男人会奚落——“小白脸！吃软饭！他一笑，我整个人都要吐翻了！”

男人和女人的审美观，可能永远是背道而驰的。

当然，这都是因男人和女人的不同心理特性决定的。

男人喜欢的女人必然要带一点点坏。

女人喜欢的女人要百分之百的好。

男人喜欢的男人要目不斜视、浩然正气。

女人喜欢的男人要邪邪地调笑、坏坏地勾情！

对待异性，男人和女人都是喜欢带有危险的诱惑。

对待同性，男人和女人都不允许天下人有负他（她）的威胁。

于是这世上，“万人迷”也是“万人妒”，男人捧她为宝，女人贬她为草。总之，男女通吃她做不到！

不是修炼成精的人很难拥有“男女双人缘”，不过，如果你非想试试做个“双人缘强悍女”，那我可以告诉你一个诀窍：见了男人，要巧笑；见了女人，要傻笑。

哈哈，其实就这么简单……

一鸣忽然抬起头来问：“你说的好像跟我们之前听到的有点不一样。女人不是希望男人爱的是她的内心而非她的外表吗？女人肯对一个人倾诉代表她无条件的信任吗？”

“生活本来就有很多悖论。很多对的道理，到了生活中，反而是错的。给你举个例子吧。”

☞ 见了男人，要巧笑；见了女人，要傻笑。

见了男人，要巧笑；
见了女人，要傻笑。

Belinda提示

≋

女人都爱“盯人男”。

礼仪课堂上，礼仪教师常常对男学生说：“连续 10 秒钟以上盯着一个异性看，是很不礼貌的！”

当然，那个被“盯”的女人未必这么想。

只要这眼神儿里有“情火”的味道，很多女人都很乐意享受这种“不礼貌的冒犯”。

很多人总以为，女人最享受的是男人的蜜语甜言，其次则是鲜花礼物……其实未必，没钱、没花、不懂说情话的男人未必不受女人的宠爱，只要他有一双爱“盯人”的眼睛。

于是你该明白了，梁朝伟为何如此令女人腿软，只因为，他“盯人”的功夫实在了得！

礼仪教师所谓“不礼貌的 10 秒钟”，似乎用在同性之间合适，但是，异性之间则另当别论——对某些女人而言，漫说 10 秒，就算被连续看上 10 小时 10 天外加 10 年，她也甘之如饴。当然，前提是这个男人的长相不算太难看。

说到这儿，Belinda 忽然停下问了一句：“我是不是说得有点严重？你们该不会因此开始恐惧女人了吧？”

珠珠撇着小嘴点点头：“可不嘛！现在连我自己都不想当女人了！”

Belinda 这一笑里散发着慈爱：“傻姑娘，你也挺漂亮，但你要知道，女孩儿越漂亮，其实越难做人。所谓‘颜值’当道的时代，有时候是骗人的。”

你看很多漂亮女人成功了，旁边不明就里的人会议论：瞧瞧吧，仗着一张漂亮脸蛋，做什么事情都方便，不知道靠什么“潜规则”出头的。

漂亮女人不成功，旁边不明就里的人仍会嘀咕：看看吧，白长了一张漂亮脸蛋，连普通女孩都不如。一看就知道是个没脑子的木头美人！

……

漂亮女人僵在那里，不知该进该退，非常尴尬。

常听一些“漂亮女人”诉苦：做个漂亮女人咋就那么难？别人根本不信你自己有能力，干得好别人说你是“靠男人上位”，干得不好别人说你“连靠男人上位也不会”！难道漂亮是我的罪过吗？

不是你的罪过。

这是几千年来人们的心理惯性，这是人们思维上的“潜规则”：一张漂亮的脸，总是应该物尽其用的！

不可否认，漂亮，往往是女人走向成功的通行证，虽然不见得你真的“潜规则”了什么，但人都是这样的，对漂亮的女人，似乎总是更多宽容，总是更愿意提供帮助。

就像男人们常说的：让漂亮女孩儿动手干活，那是暴殄天物！

虽然男人们不见得个个都心疼自家老婆，但对别的美女，或许是懂得怜香惜玉的。

漂亮女人比起长相普通的女人，虽然可能难做人，但是易做事。

生活中的哲理，常常有这样的惯性：对女强人，你否定她的容貌，其实是肯定她能力的一种隐示；对平凡女孩，你否定她的能力，其实是夸赞她容貌的一种途径。

一男一女在聊天。

女的说：怎么办？别人看我这个月业绩这么高，不会认为我对老板耍了什么手段吧？

男的答：怎么可能啊，宝贝，你又不是漂亮女孩儿！

女的笑着喊“打”，但并不生气，是的，很多人认为漂亮女人拥有天下是应当应分，不漂亮的女人夺取天下是实力超群。

所以，当你问：女人，到底是漂亮重要还是聪明重要?

我只能说，如果缺少了智慧，那么美丽对于女人无疑是一场灾难。

珠珠听得十分认真，末了她问：“那我是该靠脸吃饭还是该靠才华吃饭？”

Belinda 打趣她：“你呀，靠才华没饭吃，靠脸也只能吃个半饱。”

这是我最近听到的最爽的一句话，能很有效地扼杀珠珠的娇懒习气。

珠珠一皱眉：“什么呀，Belinda 姐姐你有点过分哦，刚刚不还说女人要夸嘛！”

Belinda 站起身来，拍了一下珠珠的小脑袋：“那是对客户，灌完‘迷魂汤’等着从人兜里掏钱哪！我，可是你们的客人！小小年纪，别那么虚荣，多听点狠话有助于培养心理免疫力。”

不过，后来 Belinda 还是安慰珠珠：“其实吧，不太漂亮的女人最有福。”

不够漂亮怎么办?

长期以来，总有女孩子问这样的问题。

没有女人嫌自己太美，只有女人嫌自己不够美，每个女人照镜子，总能第一眼看到脸上的缺点，在相貌问题上，女人统统都是悲观主义者。

很多女孩子会反复地提问乃至自问：不够漂亮，怎么办？

是啊，漂亮只是一点点，真是折磨人的事情。因为“有点漂亮”，所以会经常被人拿来比较：

“小丽长得还行，但皮肤没有小双白。”

“小蓝的眼睛比小丽美。”

“小丽身材还算匀称，但个子有点矮，不如小凡像个模特一般的有气质。”

……

女人，被人拿来比较，是件既高兴又难过的事情。因为有点本钱，所以会被别人拿来做参照，又因本钱不富裕，所以屡屡做衬底的绿叶。

有女人心里想：要么干脆丑到彻底，不存幻想，踏踏实实度日；要么再让我美一点，打败所有的参照物。

何必太较真。

女人啊，长得很漂亮是运气，长得不很漂亮是福气。

太漂亮的女人总是太忙，蜂围蝶绕在身旁，她没有时间思考，没有时间做更有价值的事情，她的青春可能都耗费在咖啡厅和舞剧院里了，或许除了喝一大堆免费的咖啡和看一大堆不花钱的戏，她没有换回太有价值的东西。

漂亮也有到期的时候，等到那时，她拥有的不见得比普通女人多。

你问：不够漂亮，怎么办？

那好啊，省下时间做些该做的事情吧。

Belinda 看了看表："好像今天有点说跑题了。不过没关系，你就记住一点，拥有男和女的双重性格特质，一定是赚便宜的！你要'雌雄同体'，才能在任何一个场子里所向披靡！年底老板发了大红包，记得请我吃好吃的！"

猴子先走了。Belinda 也把手机装进了手提包。她刚要出门，看见阿萨站在厨房门口呆呆地望她，"哎呀，我的小宝贝儿，有什么话就说呗，看你那脸红脖子粗的样儿。难不成是要向我表白？"

阿萨摆摆手又要往厨房钻，被小愉一把拽出来："他呀，最近喜欢上一个姑娘，正发愁怎么表白呢！"

"哦，找个时机呗。找个合适的时机。找个姑娘最容易答应你的时机。"

"这得是什么样的时机啊？"阿萨不明白，我们也不明白。

☞ 女人不够漂？是福气！

女人不够漂亮？是福气！

Belinda提示

≋

女人是更重感觉的动物，而感觉可以人工制造。

这几个时间段表白成功率高

想获得一个原本不怎么爱他的女人的爱，也是分时间、分场合的。比如说，在这几个时刻里，女人对爱的抵抗力，是最低的。

幽闭的环境里。比如电梯间，比如狭小的房间，比如拥挤的公交地铁……总之，身体的极限靠近是会影响感情也向彼此靠拢的。所以，很多女人会懊丧："那天独处时，怎会稀里糊涂跟他擦出了火花?！真见鬼！"

日落黄昏时。很多心理学家都印证了这个道理：黄昏时分是说服一个人的最佳时机。皆因，人的理性思维能力，在这段时间里会降至最低点，对外界的抵御能力最低。这是人身体很难改变的"生物时间"。一旦在这个时间内有男人向你求爱，即便平常你对他不怎么看好，答应的概率也会增高，这就是受黄昏情绪控制的原因。

约会结束后。如果一个男人在一天的约会结束后，再次打来电话向女人求爱，那么这个女人答应的概率是很高的。因为她还沉浸在之前的甜蜜约会里，这时候，不论对方要求什么，她可能都会自然而然地说服自己去答应。

恐惧过后。恐惧过后，人体会分泌出情欲激素。一个女人在经历了一场惊心动魄的情形之后，一般会不由自主地对身边的男人生出好感。

Belinda 跟阿萨说："我不知道告诉你这些是不是对你有帮助，瞧你这性格，我有点担心。我觉得你完全不知道女人真正想要什么。"

"阿萨喜欢的女孩可强势了，也不知道为啥他好这口儿！"小愉说。

"女人的强势多半是伪装吧。控制欲强的女人最终渴望的也是一个能控制她的男人。男人的放任恰恰会让女人不安，因为女人只有在男人近乎窒息的爱里才能感受到安全感的包裹。"

我很怀疑木愣愣的阿萨能不能听懂这些。

"唉，你呀，就把女孩当成做菜一样热爱，就什么样的姑娘都追得到啦！"

作为老板，听到 Belinda 这样点拨我的大厨，于是就露出了得意的笑。嗯，有这样的大厨，确实值得得意。

4 CHAPTER

第四章

你要活色生香，
才能地久天长

珠珠最近的工作热情直线下降，坐在柜台后面，一会儿皱眉发呆，一会儿又傻笑了。

过了午餐高峰，她钻进厨房，把阿萨和小愉赶到一旁，拿起刀叮叮咚咚开始切起菜来。我心里暗想：这妞一准儿又恋爱了！

我认识珠珠不过三年，大学毕业在人才市场上第一次偶遇她。我找工作，她也找工作。我一家家公司问人家的招聘要求，合适的就说说情况留份简历。她一家家公司问人家招男的女的，合适不合适的她都说“我啥活儿都能干”。

到我这来之前，我不知道她到底换了多少份工作，我只知道她每次换工作都跟男人有关。她一失恋准哭，一哭准要哭上一俩礼拜，不能上班，于是辞职。

她知道我开店后找到我：“在公司里待着太没劲了！我到你这儿来上班吧。你这是饭馆儿，肯定能管饭，我有地方住。工资你看着给，够我在淘宝网上买衣服的就成！”

我不禁倒吸一口凉气。

珠珠立马就要爆了："你小子别没良心啊！当初姐可是兜里只剩一百了还分了你五十！我这样的实诚人哪儿找去！"

没错儿，那天在人才市场，也不知怎么就把钱包挤丢了，瞅瞅我的微信、支付宝，上面余额都已不足两位数，我可怜巴巴地望了望同在一个展位面试的她。她问："啥事儿啊？"

珠珠的优点当然是爽快、仗义。她敞开包，掏出一把票子，除了毛票，就只剩一张红彤彤的百元钞，她说："走吧。"

路边买了两瓶水，递给我一瓶，剩下九十六块，她把五十的那张递给了我。

我一直挺感激这事儿，以至于后来说啥也认下了这位女哥们儿。不过珠珠再三澄清："甭那么抬举我，当初看你小子眉眼儿周正，想着也许借你钱了咱俩能有点故事。后来发现没戏！谁也不是谁的菜！"

这就是珠珠，小心眼儿都活在脸上。我喜欢她，跟爱情无关的那种喜欢。

自从来到我店里，我才发现珠珠有一爱好，原来她喜欢做饭，当然，只限于心情不好的时候。有时候，她会莫名其妙钻进厨房整一堆奇奇怪怪的料理，有一次她端了一锅茄子肉松炖红薯出来，尝了一口，拎起来就倒垃圾桶了！看得我们目瞪口呆。

我冲她嚷嚷：“你这叫浪费公家财物你知不知道？从你工资里扣！”

她哗一声就哭出来了，一泻千里。后来我才知道，那天是她某位前男友结婚的日子。

今天，珠珠折腾了半天，端出来一盘培根烤土豆，土豆块切得各种造型，配菜南瓜厚薄不一，仔细一看，竟然还放了杧果！也只有珠珠才整得出这样的奇葩料理。我们四个或倚或坐盯着她看，直至她把最后一块土豆吞下肚。

“今儿不错呀！”

“嗯，好吃。”她嗤嗤地笑了。

我们都喜欢珠珠，纯哥们儿的那种喜欢，我也愿意她就这么时而不靠谱地在店里一直待下去。但看到那张被“春色围困”的脸，还是忍不住暗暗叫苦：“看来得预备找个替她的人了。”

珠珠说：“谦儿，你得用发展的眼光来看我。我现在已然过了那种谈个恋爱就伤筋动骨的阶段了，我吧，准备谈一次知性的恋爱了。”

于是，第二天 Belinda 一进门，我就迫不及待地说：“赶紧把珠珠拉回正常轨道吧。我瞧她最近这样子有点玄。”

结果，那天下午听珠珠聊完她那位有点小帅、有点小钱、有点小花心的新男友之后，Belinda 竟然和珠珠站到了同一阵营。Belinda 冲着我说：“喂，老板，下个月得给珠珠加薪哦，女孩子谈恋爱，化妆品啊，衣服啊，开销总要大一点的！当然，前提是她比现在更好好干活。”

这下子轮到我不淡定了：“Belinda 姐姐，您显然太不了解珠珠啦！她哪段儿恋爱长久过呀？都不靠谱！您应该劝劝她，恋爱需谨慎！”

Belinda 表示不同意：“能不管不顾去爱，这是年轻的专利啊！爱的能力，也是有保质期的。太谨慎的人往往谈不好恋爱的，那么多人爱得不顺心，就是他们的爱太多条件、限制。好比生猛动物，一旦被戴上了镣铐，让它如何去释放自己的力量！太谨慎的女人多半有一种精神洁癖，一个不容许自己有丝毫犯错机会的人，可能永远只会在原地踏步。”

后来，她很好奇地问：“你们谁追的谁？”

珠珠得意扬扬：“我追的他！”

搞笑的是，这俩傻女人竟然激动得一拍掌“耶！”

“耶什么耶！不嫌丢人！好色加犯贱！”我显然有点理解不了这俩女人。

Belinda 却说：“好色怎么了？！好色的女人，运气通常不会差！感情里能吸引男人的是什么，是热情，是活力！你以为男人都喜欢清高寡淡的淑女啊？扯！”

珠珠乐得直拍掌：“就是就是。”

紧接着她甩了我一记白眼：“现在这位，就是我老公了！再敢说我不成功你试试！我决定要尽可能快地嫁人啦！”

“尽可能快地嫁人？没那么夸张吧。别急，先谈几个月看看吧，那时再决定嫁不嫁也不迟。”

Belinda提示

≋

面对一场突如其来的爱情，正确的打开方式是好好享受，而非迫不及待地许以婚姻。那么多婚姻出问题的人，很多是恋爱的时候没好好谈恋爱，一天到晚想着结婚、买房、生孩子的现实问题。婚后才惊觉婚姻里什么都有，就是没有情调。好好谈恋爱，将来才能好好收心过日子！

珠珠闻言直拍手叫好：“太对啦！ Belinda 姐姐我爱你！我决定了，就要像你说的那样一往无前、永不后退、不管不顾、拼死到底地去谈恋爱！”

文学素养不高的珠珠能一口气说出这么多四字成语，简直令我气绝！还没等反驳，Belinda 一根手指敲上了她的小脑袋：“别得意忘形，你的问题多着呢！不给你心里照照亮，这次估计也跟以前一样。”

珠珠刚要反驳，Belinda 立马压住她话头：“你先听着。刚刚不是说你差点被车剐倒时，他一把把你拦下了嘛，因此你们认识了，因此你爱上他了。我不能说这样的爱情一定有问题，不过可以给你普及一个概念：爱和怕，常常是联系在一起的。当你被吓出了一身冷汗，紧接着，似乎也会觉得，被激起了满心的爱。在爱情中，永远不要小瞧荷尔蒙的力量。”

“英雄救美”的心理依据

看恐怖片追女孩，是很多男人惯用的恋爱招式。

屡屡奏效。

一个女孩子被拉进了恐怖电影放映厅，两小时后再出来，莫名地，会对身边这个之前感觉普普通通的男人多出几分好感。

很多人奇怪：怎么，恐怖电影难道真的是恋爱妙药吗？

这就得从心理层面来解读了。

但凡女人，都喜欢强势的男人。

武侠小说里，惯常的情节是英雄救美。

侠客仗义出手，美人一见倾心。

你说是俗套，其实这是心理惯性。

说回到普通人身上，也是一样的。

如果一个女孩子，天黑回家路遇歹徒，这时候，若是一个男子冲出来舍身相救赶跑了歹徒，不用问，接下来的故事往往是，女孩子心里对这位恩人多了几分倾慕（只要他年龄不是太老，长相不是太丑）。

这是心理学上的知识：恐惧，会激发人的情欲。刚刚经历了恐怖事件的人，似乎会更容易诱发身上的情爱欲望因子。

有些小说情节，男主人公为了追求一个对他无好感的女孩，往往会制造机会排演一出“英雄救美”的好戏。他是为了凸显自己的侠义气概，其实也是歪打正着，撞上了人心的规律。

你可以不讲道理，但你要讲科学。

如果你正跟男友经历“N 年之痒”，可以试着在你们的生活中制造这样或那样的些许恐惧感。或是一起玩一出惊险游戏，或是一起去看最新恐怖片，或是自觉自发地导演一出生活恐怖剧。无疑，这都是促进感情的好办法。充满恐惧感的爱情，往往更容易迸发出不一样的火花。

只要，别玩过火了。

若，那个不争气的男人先被吓尿了裤子……这应该算是最恐怖的结局了吧。

珠珠脑袋一歪：“嗯嗯，你就说荷尔蒙决定吸引力呗！我认同。不过吧，怎么在一起的不重要，重要的是接下来我想一直和他在一起。Belinda 姐姐，这个教教我呗。”

珠珠的撒娇术不是特长而是“特短”，她嗲声的央求里都带着一股女汉子的略微粗犷的声音，好像刚干掉一盆猪肉炖酸菜的北京大妞扭脸就要唱昆曲了。

Belinda 问：“说说看，是个什么样的男人啊？”

珠珠说：“他吧，没别的，就是特有品位，是我目前为止见过的最有品位的男人啦！”

我忍不住一个嗤笑：“就你这点见识，能见过几个高大上的男人啊！你说的这品位，至少也得打个四六折。”

珠珠不乐意了：“是啊，天天对着以你为首的这些粗粗拉拉的‘生瓜蛋子’，可不见的都是没品位的糙汉子嘛！”

Belinda 呵呵笑了：“你们掐个什么劲啊，你还以为有品位的男人都个个棒呐！说实话，就好像太贵的饭菜往往中规中矩，缺乏惊喜一样，跟太有品位的男人谈恋爱，就像隔着层纱接吻……”

有品位的男人欠真味

女人，大概都喜欢有品位的男人。

怎样才算有品位的男人呢?

衣着，不盲目追赶流行，却总在衣袖间隐约透露着时尚的元素。

待人，不热情洋溢，却总在浅浅的笑容背后有淡淡的关慰。

一顿饭，他能讲出每道菜的门道。

一杯茶，他能品出明前雨后的不同。

跟着他，女人时常是暗暗的狂喜：极品呀极品!

很有趣的是，有品位的男人，常会喜欢些资质普通的女孩，一颦一笑间，常常令她有些云里雾里的荣耀感：那么光鲜的男人，那么有品位的微笑……

有品位的男人，不是不爱有品位的女人，不过他们更爱被女人崇拜的感觉。与更普通一些的女孩交往，才是炫耀品位的最佳时机。

一个喜欢炫耀品位的男人，常有些不可思议的浪漫。他会在

☞ 一个男人品位的背后，暗藏的是自恋，
自恋的男人，大都是自私的。

一个男人品位的背后，暗藏的是自恋，

自恋的男人，大都是自私的。

热闹的圣诞夜带你去空旷的郊外听雪声，他会在无聊的午后带你去热闹的游乐场玩过山车……不论何时，他总能令女人产生短暂的眩晕。——追女孩子不专心的男人，女人会咬牙切齿。但追女孩子太专心的男人，你呀，也该谨慎。

有品位的男人，享受的是爱情的品质。而爱情的品质，往往只存在于开始的短短数月。

当爱情的品质下降，你保不准他会去寻找他的下一段开始。

一个男人的品位背后，暗藏的是自恋，自恋的男人，大都是自私的。

他不会对女人发脾气，因那会坏了他的品位。

他不会对女人太专心，因他认为实在无法有任何一个女人值得他付出一生。

有品位的男人，追求的是优雅。优雅的男人，有时却没有真心的热情。

品一个人，第一口尝到的味，永远不是真味。

一个男人，日久才见真味。而真味，绝不单单只是品位。

Belinda 刚一言止，我立马乜斜着眼甩了珠珠一句："你可好好听听。"

珠珠有点郁闷了："您的意思是说我这段儿又没戏啦？我可是觉得找了二十五六年，头一回有那种遇到了王子的感觉呢！"

Belinda 说："我可没那么武断。只不过我从你刚刚的兴奋劲儿里看出一点点不太好的苗头，嗯，就是那种崇拜感。当然，女人都想找个可以崇拜的男人，但爱情想要长久，终归需要势均力敌。一直踮着脚尖的爱情，久了，太累。”

“还有就是，你对一个男人抱有何种心态，他就会以何种状态对你。收起你那副挥泪大甩卖的小样儿。这些女人即便是上了床，也是一副唯我独尊的骄傲模样，这样的女人才让人有长久的征服欲！”

Belinda提示

≋

可以让他得到，不要让他得手。

这是个很老气的话题，也是个女人从小想到老也想不通透的问题：男人，是不是得到女人便会厌倦？

生活中，太多的例子适用这样的命题。

“结婚前，他把我当公主；结婚后，他把我当女仆。”

“没得到我的身体时，恨不得跟我做连体人；得到我的身体后，不耐烦得要一脚把我踢开。”

……

于是，几乎所有的女人都认为：男人都是喜新厌旧的东西，如果你被他得到，那就意味着你的恩宠到期了！

既然断不了男人的花花心肠，那么就尽量拉长男人的等待期，“折磨”他，让他知道来之不易，要珍惜。这是女人常用的攻守计策。

当然，你以为吊着他、抻着他便能换回他的长情了？

大错特错。

要知道，男人的喜新厌旧也是有不同的。

男人对女人有两种心态：得到，得手。

对一个想要得到的女人，他有耐心求一个爱的结果。

对一个仅仅想要得手的女人，你的百般擒纵也不过是成全了他的虚荣：游戏情场，是某些男人的荣誉。游戏规则越复杂，他们可能越有百倍乐趣。

得到后，会有暂时的心理懈怠，但不妨大节，他依旧有他的珍惜。

得手后，会新鲜一消便弃如敝屣，只为了得手而得手，多半不是为了珍藏。

一个想得到你的男人，可以让他得到。一个仅仅想得手的男人，不要让他得手。

女人，看男人不要只盯着他手中的礼物，不要只关注他频出的花样。不想仅仅成为他周末的一场越野马拉松，记得要做个正派的女人。

对正派的女人，玩世不恭的男人不敢轻易下手。

于是，珠珠就有点脸红地问："那认识多长时间那个合适啊？"

Belinda 坏坏地笑："哪个呀？"

后来她说："很多女孩都发愁，多长时间上床会让他觉得我没那么轻浮？其实不论多长时间才进卧室，第一次上床很难，之后却越来越容易，于是他对你的尊重就开始下降了。所以，女人的自尊也不一定都在于第一次，而是，第一次之后的每一次，也别答应得太容易。"

关于上床这件事

同样面对恋爱，男人跟女人总有冲突。

男人不明白：明明做了我女朋友，为啥还要装清纯、扮淑女？

女人不明白：为何男人谈恋爱似乎就只是为了"那件事"？

谈恋爱谈恋爱，众所周知，恋爱是要用来"谈"的。

花前月下聊点永无可能实现的人生理想，烛光餐厅里喊点一生一世如胶似漆的爱情口号，电影院里眼盯着大银幕嘴巴还要嘀咕点你侬我侬。

回过头来想想，傻子也明白这些废话不可靠。但男女之间，如果没了废话的填充，恋爱便只剩骨架了。

男人和女人虽然同样在说着些不着边际的恋爱废话，心态却有极大的不同。

女人跟男人聊废话，是希望拉长男人等待的时间。

男人跟女人聊废话，是希望尽快把她搞上手。

男人女人的恋爱观，在某种意义上讲是对立的。

即便女人再有耐性，往往也禁不起男人的死缠烂打。恋爱，总是会开花结果，百分之九十九的恋爱，最后还是会以“床”作为终点。

上床后，男人会慢慢静下心来谈爱，之前，他满心只会盘算“上床”这件事。

上床后，女人反而会慢慢放下“爱”这件事，她的精力都用到了纠结“该不该上床”的问题上。

男人做任何事情都需要有终点，但女人的任何一个终点都会是一个全新的起点。

女娲把世上最优秀的两种品德分别给了男人和女人：让男人拥有豁达，让女人拥有执着。

如果，豁达不去寻找执着，便流于散漫。执着若缺了豁达，便成了固执。

所以男人和女人，才有充足的理由纠缠在一起。

聊到这儿珠珠叹了口气：“唉，爱情真复杂，到底男人喜欢什么样的女人呢？”

Belinda提示

≋

男人喜欢那些非大智慧，却有小聪明的女人！

男人最爱的那种聪明女人

多数男人自认喜欢聪明女人——“企鹅女”一样的傻大姐有她的憨态可掬，只不过沟通起来还是有障碍。

即便如此，女人的聪明，还是不能在爱情中随意添加，是要放到量杯中精准地计量的。

都是这样的，男人喜欢聪明的女人，但男人恐惧超聪明的女

☞ 到底男人喜欢什么样的女人呢？

到底男人喜欢什么样的女人呢？

人。聪明的女人让男人当成爱人，太聪明的女人让男人当成对手。即便面对再心爱的女人，男人亦不愿败在她的脚下。

所以，男人喜欢的聪明女人并不是传统意义上的“聪明女人”，她可以玲珑剔透，但最好裹上一层“憨”的外衣。男人喜欢适度聪明的女人，也就是会装傻的女人。他的不良，她可以视而不见。他的背叛，她可以睁一只眼闭一只眼。不论何时何地何种处境，她有她的兰心蕙质，她有她的处变不惊。

在合适的时候聪明，在合适的时候憨笨，在合适的时候懂得“消失”。这样的女人，男人最爱。

这样的女人，男人会折服，再不可救药的花花公子也会说：有此贤妻，终究我会回家陪她。

聪明的女人，经过男人“自私”的加工过滤，变成了“奴才”。

也许他配，也许他不配，但这只是男人可爱的小想法。论起男女问题上的心思来，男人永远是要输给女人的。

真正聪明的女人，有她自己的想法：

“我可以适时地装傻学乖，但仅仅限于我在他心目中地位还不牢固的时候！”

“我可以睁一只眼闭一只眼，但仅仅限于无损我婚姻实际安全的问题上！”

“我可以做到适时的‘消失’，但仅仅限于我对他已经成竹在胸的时候！”

这是聪明的女人。懂得以退为进，她退，是为了更大的进。

喜欢聪明女人的男人，最后大多成了聪明女人的“笼中物”。她扬起胜利的微笑，而他从此以后踏踏实实在家做她一个人的宠物吧。

只要女人想，在爱情方面通常都可以战胜男人。很多女人会输给男人，仅仅是她愿意成为他的手下败将。是啊，有了爱，一切输赢都无所谓了……

珠珠听着直点头，两眼流露出无限崇拜：“Belinda 姐姐，你可真是个不简单的女人。”

Belinda 脸一垮：“好吧，难怪还是孤家寡人。”

Belinda提示

≋

当你变得“不简单”，桃花运就少了！

生活中，常常听男人们窃窃私语：瞧，那是个不简单的女人！

如果这句悄悄话碰巧被女人听到，她心里往往会一阵得意：嘿嘿，可见我不是那种肤浅如纸的女人，我有我的高深莫测！

越平凡的女人越渴望从异性口中听到“不简单”的评语，她心中的“不简单”有丰富的内涵：有故事，有能力，有智慧，有手段……是女人，总想着做个百样精干的女人！

当然，当她真正成了“不简单”的女人，对“不简单”三个字慢慢开始生出抵触情绪：所有的故事、能力、智慧、手段……全成了令人生畏的隔栏，别人看你神秘，那是因为想靠近的人越来越少！

一个“不简单”的女人，缺少人缘，更缺少异性缘。男人和女人，如果没有出众的自卫能力，不敢轻易跟她过招交手。“不简单”的女人在外人心里，等同于噬人猛兽！

也只有一个女人真正从“简单”变得“不简单”，才体会得出这其中的真滋味。

于是世间皆是如此：

青涩的女子，面对心仪的男子，会努力装得“复杂”，她用神秘感引他一探究竟。

聪明的女人，面对心爱的男人，会变得“简单”，她明白了用爱还原最真实的本我。

“简单”“不简单”都是女人的一份心思。女人的花招数不胜数，只要有爱，她的戏码永远不会落幕。

Belinda 说：“记住，你不完美的地方才最接近本真的人性。

聪明的女人一定不会争强，反而会在男人面前故意‘露怯’，满足对方一点优越心理。这是一种暗示：我都已经把傻傻的自己袒露给你了，你还怎么忍心欺负我？——这其实就跟赛跑一样，稍稍俯下身子，冲刺起来才更有力度。”

“哦，我做到这一点，他就永远都忘不了我了是吗？”

“呃，这倒是个有趣的问题：能让男人念念不忘的女人什么样呢？”

什么样的女人能让男人一世不忘？

很多女人的小心思里，日日盘桓着这样的问题。

恋爱，可以分手，但希望分手后还能够占据他的心。

婚姻，可以离掉，但希望离婚后还能够留住他的情。

……

女人，不害怕一段关系的结束，只害怕爱的结束。

在尽享她的千般娇媚万般柔情之后，他说：“从此，让我们做好朋友吧。”

女人欲哭无泪，陷入绝望：从此以后，他的心里再也没有我了……

回到最初的问题：什么样的女人能让男人一世不忘？

☞ 女人的花招数不胜数，只要有爱，她的戏码永远不会落幕。

女人的花招
数不胜数，
只要有爱，
她的戏码
永远不会落幕。

答案是：那些让他们差一点就得到，但却始终没有真正得到过的女人。

珠珠沉默了良久，后来她说："嗯，可是，我还是希望彼此得到、紧紧拥有，我的直觉告诉我，我们一定会在一起很久的！"

Belinda 说："哦，看来我这会儿应该闭嘴的。可是有些话说出来，权当听一听也好，可能对你会有启发。"

Belinda提示

≋

直觉给你鼓励，但直觉大多是错觉。

但凡女人，往往都相信"直觉"。

"我的直觉告诉我，他喜欢我。"

"我的直觉告诉我，他背叛了我。"

"我的直觉告诉我，他最终会选择我。"

……

女人，不相信假话、真话、谎话、实话，但大多相信自己的"直觉"。

但直觉，真的这么可靠吗？

来看看，什么是直觉。

如果说得玄妙点，这叫第六感，可以通天入地，可以预知未来，可以慧眼识穿别人识不穿的任何真相！

但说得通俗点，这叫心理暗示，你说“行”“一定行”“百分之百行”，久而久之，你朝着“行”的方向去努力，运气若是好，“不行”也会变成“行”。

所以，女人说：瞧瞧吧，我的直觉很准的。

倒不见得是你直觉准，得说是你心里有意去促成这件事。

你认为他喜欢你之前，肯定是你可爱地释放出了雌性荷尔蒙。

你认为他背叛你的同时，肯定是他抱着你的手臂越来越不紧实。

你认为他会最终选择你的信心，来源于你们多年感情的积累。

看那些信誓旦旦说着“直觉”的女人，不要觉得她们神乎其神。仅仅说明，她们对自己的生活成竹在胸。

如果你不是她们那一类，那么，还是不要轻易相信直觉。缺乏筹谋的直觉，不过只是错觉。

Belinda 和珠珠聊了很久，后来聊到了工作和婚姻的辩证关系。

Belinda 说：“我不理解现在你们这些小姑娘都怎么想的。

我不止一次听到有女孩愁眉苦脸地问，‘我是该努力打拼呢还是该找个靠谱好男人嫁了呢？’”

“对啊，我也纠结啊。有什么问题吗？”

“你们以为靠谱的好男人那么好找呢？还不如自己努力打拼呢！”

“你太悲观了吧！”珠珠骄矜的眼神透露出的信息其实是——你那岁数当然不好找，如花似玉的我当然另当别论。

Belinda 却笑了：“前段时间不有个婚恋调查嘛，发现现如今女孩子找对象，更注重男人的‘颜值’和修养，而男人找对象，更注重的则是女人的经济能力和家庭条件。——醒醒吧，你们！”

珠珠一时有点无言。

“不是我说你，就你在工作上这自暴自弃的状态，谈起恋爱来，我还真不敢说看好你。”

这话实在说到我心坎上了。

Belinda提示

≋

能力是女人极致的性感。

中国男人喜欢西方美人。中国女人也喜欢西方美人。西方美人棕发、碧眼、高挑、肉感，当然，更重要的是，西方美人总是无敌的性感！

越来越多的现代人明白了这个道理：一个女人被夸赞漂亮是寻常，一个女人被夸赞性感是荣誉。漂亮女人总是敌不过性感女人。

不过，性感到底是什么？

这个问题，很少有人能够鼻子眼睛说得清清楚楚。性感，似乎就是那么一种缥缈玄妙的感觉，你感受得到，但说不明白。于是最终，深吸一口气：我若也是个性感得不可捉摸的女人该多好！

性感的女人往往是不可捉摸的。她浑身永远激荡着新鲜感，让周围看客看不到乏味感。

性感女人也并不总是不可捉摸的。性感的面孔虽各不相同，但性感永远是有路数的。

若干年前的英国，一个九岁的小女孩赢得了诗歌朗诵赛，校长表扬她："玛格丽特，你真幸运。"她却说："我不是幸运，我应该赢得。"若干年后，小女孩成了英国首相撒切尔夫人，她用自己的言行告诉了女人一个道理：只有做强势的女人，才能拥有强势的命运！那种王者般的自信是种令全世界倾倒的性感！

☞ 能力是女人极致的性感。

能力是女人极致的性感.

若干年前的美国，二十岁的麦当娜来到纽约，身上只有27美元，孤立无助、忍冻挨饿、受人讥讽，但是她硬咬着牙一步一步成了最著名的明星。她的经纪人如此评价她："麦当娜有种强烈的男子气，她以男人征服女人的方法来征服男人。"对任何事情都表现坦诚，包括自己的堕落，这种草根女王般的坚强，不仅仅是性感，更是令全世界瞠目结舌的性感！

如此一看，你明白了吗？

能力，是女人最极致的性感！

中国女人大都有张漂亮的脸蛋，但往往缺乏性感的气质。因为不论何时，大部分中国女人的心目中，总是渴望一个男人来为自己遮风挡雨。那份娇弱和楚楚动人，即便有几分诱人，也终是树荫下的小草！

性感是种很厚重的底蕴，是种很有张力的特质，没有能力的女人，就没有那种自信来驾驭性感！

懂了吗？独立不是女人向男人宣战，仅仅是一种自我尊重。一个天天把自己拴在男人身上、乞求恋爱的女人永远不会是魅力场上的赢家！不信，你试试看！

那天到后来，Belinda和珠珠聊到了各自的情史，珠珠给

Belinda 讲了自己的五位极品前男友的故事，其中一位是剧组的摄像，每次亲热要求珠珠用左侧脸对着他，因为“你左脸看起来让男人更有欲望”，还有一位总把她的零食拿去给单位的前台小妹吃，后来就把前台小妹“喂”上了床……

说到后来珠珠眼睛里竟然有泪渗出来：“你说凭什么啊！我那么掏心掏肺地对一个人，可为什么总是我受伤害！”

Belinda 盯着她看了半分钟：“说句难听但真实的话吧，遇上这些‘奇葩’，怪谁咯？还是反省下你自己吧。”

Belinda提示

≋

你选择恋人的方式，决定了你会遇上什么样的恋人。喜欢穷追不舍的女人会遇上“癞皮狗”，钓大款的往往会遇上比她还甚的势利眼，“巨能作”的女人身边陪着她的也往往绝非善类。——就这么简单，你遇上的恋人，往往是另一个你自己！

坦白说，我们谁都没想到 Belinda 会把话说得那么直白。珠珠震惊的眼神里几乎都有愤怒了。我盘算着要不要上前打个圆场。

Belinda 直视着珠珠的眼睛："话不好听吧？如果你只想听好话，一辈子也未必遇得上好男人。"

珠珠盯了她几分钟，终于把眼睛垂了下来。

Belinda 叹了口气："命运，其实是一种生活习惯。当你习惯了怎样的选择，就会遇上怎样的生活。我不完全了解你到底是个怎样的人，但我知道，一个人如果总是遇到倒霉的事、倒霉的人，原因只有一个，他自己出了问题。"

珠珠一直不说话地坐在那儿，我猜她是不是在回想自己之前一段段失败的恋情。Belinda 也坐在那里，眼睛里充满了各种我不理解的内容。我想：男人女人，大概是一个比开店更复杂的命题吧。

关于女人的成长

一个男人的成长离不开一个好女人。

一个女人的成长离不开一个坏男人。

明白了这个道理，很多事情，便能一笑了然了。

吃过的苦，似乎，也不再那么苦了。

周围，尽是些好女人被辜负，好男人总受苦的故事。

不论月老的红线如何千变万化，似乎，总不甘愿把好男好女拴在一起。

好男人身边，常有个刁蛮任性女，世人叹她不知惜福，可她眼里，唯她是福，只有别人惜她的道理。

好女人身边，常有个花心浪荡子，世人叹她嫁错了郎君，可一晃若干年，没听说他们要“分开”的消息。

是这样的。

有好女人爱的男人，是慢慢放下邪性的逆子。她的好让他学会世间道理，陪着他慢慢长大。

有好男人疼的女人，是总也长不大的孩子。习惯用她执拗的任性，索取世界的宠爱。

常常，

一场场摔打下来，男人会越来越放肆。

一场场摔打下来，女人会越来越了悟。

往往，

一天天安逸过去，男人会习惯做个良民。

一天天安逸过去，女人会渴望做个蛮女。

☞ 你遇上的恋人，往往是另一个你自己。

你遇上的恋人，
往往是另一个你自己。

于是，

男人有个好的开始很重要。

女人有个好的结局最关键。

从某种程度上讲，女人比男人更追求叛逆。

可见，因心理构造不同，男人和女人需要不同的教育经历。

男人天生是坏孩子。

坏孩子要改邪归正，须得菩萨点化。

女人天生是好孩子。

好孩子要修成正果，须得阎罗君逼她历那九九八十一劫难！

如果，早早地，你遇上过坏男人，从那里毕业，不要只留下眼泪做纪念，劫数过后，要学会一些“本领”……

临走前，Belinda 对珠珠说：“给你讲一段我的恋爱吧。大概三十岁的时候，我爱上了一个男人，特别爱特别爱。他是投资人，却相当文艺，没事儿的时候爱写两首小曲儿，虽然很不成熟，哼给我听的时候，我依旧很开心。那时，我对他深深依赖，甚至想‘如果他死了，我绝不独活！’我相信那时候我可以做到。后来，我就问他‘如果我死了，你会怎样呀？’他想了得有一分钟，‘你死了我就再也不写歌了’。哦，也仅仅只是不再写歌了而已呀。”

Belinda 拍拍珠珠的脑袋：“你遇上的每个男人，即便给不了你未来，终究也会让你成长的。”

Belinda提示

≋

没有人知道这一个会不会是最后一个，但女孩子要记住——你可以很爱一个人，但你要知道，爱他，但是要给他一定的空间。不然就会被捆绑住，无法挣脱。一个有爱的女人是美的，但一个被爱捆绑的女人却是狰狞的。

珠珠抬起脸：“那你后来跟那个男人怎样了？”

“分开了。那之后的两年忽然就觉得不爱了，也就散了。分开的时候我突然笑了一下，当年那个可以陪他一起死的念头，真傻。”

Belinda 和珠珠一起笑起来，笑得很笃定很自信，我从未见过珠珠那种恬然而坚定的笑容。我刚闪过一个“原来珠珠长得也挺好看”的念头，就听到角落里若有若无的抽泣声……

5
CHAPTER

第五章

短暂的热情谁都有，
难的是长相守

当我们望过去，那女孩脸红红地迅速抹抹眼泪，身子扭到里侧，只留一线背影。她一身亚麻质地衣服，深灰的阔腿裤，上面是暗紫色的九分袖短衫，脚上却蹬一双厚底的凉拖。看起来样子很年轻，脸上的稚嫩似乎在跟少妇般的懒慢气息你争我夺，最后融为一体。此时，阳光透过玻璃窗暖暖地照到她衣袖上，面前的红茶略饮辄止，杯子旁边却散了一小堆话梅核，显然这不是我店里的产物。我在猜她年纪比我大还是比我小。

她后来也成了常客，每周会来个一两次，每次都是饭后才来，叫一杯加了柠檬的热红茶，偶尔再加一块芝士甜点，她常常拿着菜单道歉：“实在对不起，我只能吃过午饭出门。”

我们每次都跟她说：“没事儿，不想吃东西，纯来逛逛也行。随时欢迎。”

她是窈窈，不细聊真看不出和我同岁的她已经结婚近五年，大学时就和男友领了证，如今宝宝快三岁了。

窈窈说，我和你们年纪差不多，却好像隔了一个世纪那么远的距离。你可以为恋爱、为工作、为每到月底不够花的工资发愁，可我，每天圈在家里，只能偶尔趁宝宝睡午觉时溜出来，在附近的咖啡馆坐一小会儿，就这样，回去婆婆还要抱怨把孩子丢给她一个人，不体谅她有多累……

不跟我们聊天诉苦的时候，她就时不时会从包包里掏出一点点自带的零食，话梅、肉干、坚果、消化饼干……都是挺费牙的食物。我们一看向嚼着蛋脆饼、喝着红茶的她，正运动着的脸"腾"就红了："那个，我喜欢在喝东西的时候吃点零食，你们店里不卖这些……"

Belinda 冲窈窈说："喂，姑娘，你挺焦虑啊。"

窈窈有点茫然，Belinda 用下巴点点她茶杯前的一堆壳："爱吃的女人，贪得可不仅仅是嘴……"

Belinda提示

因为嘴馋而吃东西，是一种很美妙的感觉，说明我们对世界充满了渴望。非因嘴馋也想吃东西，则会觉得很糟糕，大概那是因为我们心里空荡荡的、缺少被爱的感觉。

爱吃，是因为心太空

有人说：“唯美食与爱能让漂泊落地生根，让孤独有了安慰与治愈。”

于是，但凡寂寞的女人，有几个不嗜吃的呢？

大概是胃离心太近，因此抚慰相依。吃东西，也反映的是女人对情爱的需求度。

女人的心仿佛是片刻都需填满的。不是用爱，便是用食物。

曾经的“英伦玫瑰”戴安娜王妃，屡遭生活、爱情上的不如意，便用吃东西来宣泄不良情绪，她吃，拼命地吃，饕餮般地吃……那段时间里，身材窈窕性感的戴安娜王妃变得臃肿不堪。

查尔斯曾经这样评价戴安娜：“她实际上是一个非常不自信的人，近乎天真烂漫地想为别人做好事，以此把自己从深深的无价值感中解脱出来，而进食障碍仅仅是她无价值感的一种征兆。”

身边如戴安娜一般的女人其实挺多，失恋了，心空了，便极力填充胃作为补充。一个心里空空如也的人，大概总是容易饿的，她需要一些东西塞进身体，以补偿自己的安全感。

所以，有人说女人在热恋期是最消耗脂肪的，有了爱情，吃不

☞ 来吧，把所有的不开心都一口一口吃下去~

来吧，
把所有的不开心
都一口一口
吃下去～

吃东西无关紧要了，吃东西也仅是为了维持生命去爱，但吃的乐趣永远比不上爱的乐趣。但凡一个热恋中的女人拉着男朋友四处寻找美食，不见得是真的嘴馋，享受的是那种有人相伴的甜蜜味。

说到零食，不得不提最具中国特色的零食——瓜子。

女人多爱吃瓜子。

但不知你是否仔细观察过：很多手里拿一包瓜子在嗑的女人，眼里都是空的，她的思绪早飞到了九霄云外。

嗑瓜子，或许只是为了给她提供一个可以出神发愣的机会。

她们吃的不是瓜子，是时间，是无可打发的寂寞。

太闲的光景里，需要一点点寄托，嘴巴在动的同时，心，可以稍事休憩了。

爱嗑瓜子的女人，从某种程度上看也是内心空白的女人，忙忙碌碌的职场精英们，没有与瓜子为伍的闲情逸致。

有人用吃表达对生活的热爱，也有人用快点吃反抗生活的焦虑。一个人对吃的态度，折射了他内心是否有足够的安全感。

就好比人在肚子饿的时候最容易冲动消费一样，当你开始容易饿，也许说明你的心越来越空了。当你开始喜欢磨牙之物时，也许代表着你有强烈的倾诉欲。至少，在嘴巴动着的时候，觉得自己还不那么寂寞。

Belinda提示

≋

在吃这个问题上男女大不同。男人会因为恋爱而爱上吃东西，因为爱让男人产生安全感，男人多会因为安全感的满足而贪嘴。女人恰好相反，女人贪吃是一种焦虑症，人在吃东西的时候可以全神贯注在咀嚼之上，因此可以抛下那些压力思绪。吃东西是一种最简单的可以集中正能量思维的方式。所以大多数时候，你不是想吃东西，你只是对生活太紧张。

Belinda说到此处，窈窈的眉头皱得紧紧的，手里的包装袋攥得咔咔作响。Belinda看得出她内心的痛苦，走到她身边坐下："很多年前我曾给一个著名心理咨询师做助手。某天接待了一家人，女儿十六岁，一米七的身高，只有六十多斤的体重！没错儿，是六十多斤而非公斤。父母愁得要死，女儿依旧陷入减肥的偏执泥潭中不能自拔。这姑娘每天要花二百多元买零食，接着是全吃下去，再到洗手间全吐出来！天天如此，到最后父母不得不送她去精神病院治疗。几年时间断断续续送了三次，治完再接出来，一点效果也没有。"

窈窈眼睛瞪得大大的："这女孩什么病啊？"

“焦虑。她父母常年在国外工作，对她本来就疏于照顾，但在学业上又对她要求极高。这女孩缺爱又压力大，后来一次她病了、吐了，父母照顾她挺上心，这姑娘潜意识中就觉得，只要自己病了，爸妈就会对自己好。怎么能病呢？得了，狂吃呗。”

言至此处，窈窈手里的零食已经扔到一边了。她捧着茶喝了一口：“我也不知道自己怎么了，没事的时候，就是想吃东西，最好还是费牙的东西。我妈都笑话我是又开始换牙了呢！”

“美国一位精神治疗师鲍尔教授做过一项调查，她发现，从一个人的食物可以看出他的性格和情绪哦。”

Belinda：“抑郁会刺激大脑中的激素，促使人们过量吃喝。人在生气的时候会喜欢有嚼头的食物，大口咀嚼坚硬之物能令他得到满足感。情绪低落的时候人们则喜欢刺激性的咖啡和甜品。压力大的人嗜吃油盐之物。呃，至于性生活不和谐的，则偏爱饼干、面包这种可以迅速填满胃部的食物。”

窈窈说：“我倒还没那么严重。就是觉得不吃东西挺无聊。平常在家里和儿子、婆婆在一块儿，事多心烦，总想着一个人待会儿，就这么坐着，吃吃喝喝，好像也只能这样了。”

Belinda 说：“其实你真正想要的休息是坐下来，找人好好谈谈心。”

窈窈说：“是的，是的，我是觉得自己想找个说话的人。可是好难啊。玩得好的朋友们现在多半还没结婚，天天上班，周末还加班，约他们的时间已经很难，何况我也不是天天能有时间。唉，以前的朋友都渐渐散了。”

“你老公呢？”

Belinda 这一问，倒把窈窈的眼泪给问下来了：“他呀，他在外面不愿告诉人家他结婚了。”

窈窈的老公比她大两岁，大学毕业那年，和正在读大二的窈窈领了证。毕业后他进入了一家知名外企，异性缘一直很好，每天回到家也是微信消息此起彼伏。窈窈偶尔一次偷听他讲电话，发现他一直在客户面前伪装单身。面对窈窈的质问，他不屑：“这有什么呀?！你没上过班，你怎么能知道外面工作的不容易。跟女客户，有时候需要暧昧一点，不过都只是说说而已，你当什么真啊！”

窈窈当然愤恨不已！

Belinda 说：“归根结底是你无能，说明你不是能让他骄傲的妻子呀。”

窈窈脸色一阵难看。

Belinda 看出她承受力挺差，缓缓地说：“当然，一些婚龄久的男人在外可能不爱对人谈论自己老婆。他希望给自己留一个空间，在这个空间内，他可以做很多自己想做的事情，包括暧昧。这些男人总有颗蠢蠢欲动的心……”

Belinda提示

≋

再理性的女人也是感性的，再感性的男人也是理性的，尤其在面对婚姻的时候。浪漫是种情怀，最终都会屈从于现实。容貌、性格、能力、物质……只有在面对“最有利的选择”时，男人才会痴情到底！

男人的隐婚心态

男人大概都会希望自己不止一个老婆。

如果不出意外，绝大多数男人都不会热衷于在朋友圈里谈论自家老婆。

这一点上，男人和女人恰好相反。

这世上“隐婚族”越来越多，其中男人数量远远多于女人。得说，男人比女人更擅长玩“隐婚”，更懂得把家里的女人藏得滴水不漏。

生活中，一个男人，常常谈论自己的老婆。如果全是好话，那是因为自家老婆够质优，可以让他炫耀；如果全是歹话，那是因为他潜意识里对婚姻产生了悔意，他希望把老婆的“坏”一条一条讲出来，获得周围的支持率，他日另有新欢，这些支持率可以帮他证实他的“情有可原”。

男人诉苦比女人诉苦的目的性更强。

同时，一个男人，常常不对任何人谈论自己的老婆，则是因为，他希望给自己留一个空间，在这个空间内，他可以做很多自己想做的事情，包括暧昧。

男女之间，有很多有趣的“心术”，值得玩味。

对一个局外的女人而言，常把老婆挂在嘴边的男人不可爱，从不把老婆挂在嘴边的男人不可靠。

对一个有老婆的男人而言，常把老婆挂在嘴边是觉得对面的女人不可爱，从不把老婆挂在嘴边也许是在权衡要不要把对面的女人发展成“第二老婆”。

女人嫁一个男人，是为了获得幸福。

但男人娶了一个女人，也许仍在张望其他的幸福。

他们说，这是男人的孩子气。

只是，孩子的淘气，也会伤人的。

☞ 妹子，我还单着呢，咱们交往吧。

妹子，我还单着呢，
咱们交往吧

孩子的淘气若不及早纠正，也会为患。

女人一生都在等一个名叫“丈夫”的男人长大。可以有母性的柔忍，但如果那个男人跟你玩“隐婚”，你该当机立断给他点颜色看看。要知道，男人的贪心，是会上瘾的。

窈窈听得有点儿紧张：“那我该怎么办呢？不瞒你说，有一段时间了，我发现他跟公司一女孩走得挺近。他非说只是一个业务组的而已。现在我晚上要带孩子睡，他嫌孩子半夜哭闹，就让他妈陪我，自己去睡书房。偶尔我深夜起来还看他在聊微信，脸上一副贱兮兮的样儿！那女的应该是为数不多知道他已经结婚了的人。可他坚决说就只是关系比较好的男女朋友而已。”

“哦？暧昧呀。”Belinda突然不屑地一笑：“一个打死不说，一个假装不懂。眉眼交流时以为浓情蜜意，其实细想想，也无甚瓜葛。暧昧不过是‘备胎行为’，离得太近、隔得太远都是麻烦。别太担心，我相信没几个如花少女愿给一三岁孩子当后妈。”

窈窈闷声不语。

Belinda 直截了当地问：“你们多久没那个过了？”

窈窈一茫然：“哪个呀？”

“还有哪个?！‘啪啪啪’呗！”

窈窈脸一红：“自打生完孩子就几乎没有过。天天围着孩子转，还有父母在这儿，没情绪，也没机会啊！”

Belinda 摇摇头：“要是想，没有机会也会制造机会！这是动物本能好不好！”

窈窈承认：“是啊，是有点抗拒。自从生了孩子，他一碰，我就感觉怪怪的。”

Belinda：“这也正常。你听说过亲密恐惧症吧？”

结婚后，女人爱患亲密恐惧症

不少男女在恋爱或结婚多年后，会开始排斥对方的身体。

“想到与她发生亲密关系，我就浑身的不自在。”

“只要跟他有身体上的接触，我会有种发自内心的排斥感。”

“平常任何事都可以和平共处，只要不存在肌肤接触。”

明明是共枕多年的伴侣，却成了最熟悉的陌生人。

缘何？

这叫“亲密恐惧症”。

产生亲密恐惧症的原因，主要是这两点：

时间造成的“爱情冷感”。当激情不再，那些为爱而性的男女，不再有敷衍的耐心。

时间令爱情过渡成亲情。一对男女，在长久的婚姻生活中，很容易对对方产生一种类似父母兄妹之爱的感情，一旦这种亲情取代了爱情，再做“那种事”，会有负罪感，造成精神压力。

而患有“亲密恐惧症”的人，往往都会借由“出轨”这个渠道，去满足自己对爱情的要求。

如果再进一步细究，会发现，那些患有“亲密恐惧症”的男女，其父母的婚姻往往也遭遇过同样的不幸。换言之，他们对婚姻生活缺乏信心，对获得未来伴侣长久不变的爱没有必胜的把握。这种亲密恐惧，其实是害怕受到伴侣背叛的一种表现，他们害怕付出后得不到等值的回报，于是，就先行背叛，以达到心态上的平衡。有时候，外遇也是一个人在寻求感情空间，是一种情绪发泄。

不论换几个伴侣，都会从陌生走向熟悉。既然回避不了，只有尽力去克服自己的心魔。

要懂得经常不断地回忆和诉说当年的蜜恋时光；要尽量克服自己去关注自我细节的感受；要让生活中时刻充满变化，衣食住行尝试不同的刺激。

当小夫妻变成了老夫妻，你该想的是：虽然年龄不可逆转，能力范围之内，能做些什么常换常新的事？

Belinda说到这儿，一位面容略染风霜的女客人忽然扭头说：“有些事也不是想努力就能成的。我跟老公就天天吵，他还真一点都不让着我！吵完了一个床上睡都想踹他两脚！”

“吵架怕什么?！能吵架的才是骨肉亲人，某天连吵都懒得吵了，这才是危险了。”

Belinda提示

≋

因为吵架，所以不会离婚。

身边，常常有这样截然不同的夫妻类型。

一种是，人前伉俪情深、相敬如宾，没吵过架没拌过嘴，周围的人提起他们总是跷着大拇指夸赞是“夫妻楷模”。但忽然某一天，两人分起了家私，离婚了。使周围人大跌眼镜！他们会说，“早已没有感情了，强合不如快分，省得受罪！”

另一种是，家庭战争从未停歇，摔锅砸碗肉体搏斗，出门总是脸挂瘀青，周围人人给他们算命“早晚得离”。可是谁都没有

☞ 因为吵架，所以不会离婚。

因为吵架，
所以不会离婚。

算准，人家吵吵闹闹一辈子，最终还是没有离。他们说，“虽然也吵了也打了，但感情还在，离婚觉得不忍心！”

吵架可以降低离婚率，这是经过科学统计的。

“家庭战争”是一种很好的排毒工序，平时压在心里想说但不好说的话一股脑地倒出来，痛快！当然，发泄过后，人的心境会宽许多。

要知道，但凡能把情绪都发泄出来的人，大多属于开朗爽快的直性子，这样的人没有太多的弯弯心肠，一有不痛快，马上就写到了脸上。当然，这些人火来得快，去得也快，吵完之后日子照过，心理上不会有太多的阴影留下了。但那些从来不吵架的夫妻不是这样的，这部分人大多属于内敛型性格，总爱在心里较劲，即便有了不愉快往往也不爱表达出来，他们喜欢在心里给自己加压，当然，也在给婚姻加压，当所有的压力只进不出的时候，婚姻就离崩盘不远了！

很多人都说：处理婚姻问题要用理性思维。

但是要记住，理性思维也要用感性方式来表达。夫妻间，其实不喜欢太理性的对话，一板一眼的方式会让对方觉得冷，觉得缺乏感情的元素。毕竟，在夫妻双方眼里，暴跳如雷、歇斯底里也是“爱”的一种表现，凡事都慢条斯理、处变不惊，会让人觉得日子过得没劲儿，获得不了重视感！

当代夫妻间的吵吵闹闹更像是一场表演，重要的不是谁战胜谁，而是让双方觉得互有参与感。不想离婚的夫妻该时常找找碴儿吵吵架，也许仅仅是无关痛痒的小事件，但几番争执下来，会让婚姻更有黏性。当然，切记：吵架不等于战争。战争要分出输赢，但吵架只图个热闹。吵架就是吵架，吵架不能用最恶毒的语言互相揭短。吵完了闹完了，鼻涕眼泪擦干了，牵起对方的手，一起去吃顿好的补补元气。吵吵闹闹一辈子，痛并快乐着，这才是婚姻的真滋味！

“不过话说回来，我要是你，我就不跟他吵。我跟他哭！”

Belinda提示

≋

夫妻吵架的时候，只要女人哭了，那你所有的错都不再是错了。男人长一百张嘴也辩不过你了。聪明的女人会更擅长表现和捕捉细微的情绪变化，情绪感染力的强弱，才决定女人说服力的高低。

那位大姐干脆凑过来：“哎，你说这当老公的要总是嫉妒老婆算怎么回事儿？我老公，是个小心眼儿。每次我们应酬回来，他总会对我暴跳如雷，指责我在外活泼太过，对异性没有限度的热情。可这真是天大的冤枉啊！其实我每次在外跟异性几乎无甚交谈的。真不知他是什么样的心思……”

读懂男人对老婆的嫉妒心

小心眼儿的男人并不少见，总结起来，性格特质一般如下：性格内向，疑心重重，喜欢联想，对人对事常有悲观负面的评价。

往深层去发掘，小心眼儿的男人多是自卑心作祟。对自己缺乏足够的自信，总是担心自己拥有的一切会随时失去，难免会随时对人对事充满了警惕，言谈思想难免会显刻薄，内心深处有着极强的嫉妒情结。

抛开自卑情结不谈，几乎每个男人都会有这样的心理：总不希望在人前被老婆抢去了风头，他们永远希望女人成为自己聚会时的一个装饰品，可以增添他的魅力，但不要喧宾夺主让他变成配角。

男人在外，既不希望别人贬低自己的老婆（这会让他没面子），更不希望别人赞扬自己的老婆（这也会让他没面子）。只不过，前者会让他觉得老婆太差劲，后者会让他觉得自己太差劲。

当一个丈夫总是时不时找碴儿严格限制太太的“社交活动”，可见，也是他周围人对她的夸赞给了他这个丈夫不小的压力。

明白了这一点，太太们该好好想想：自己在人前，是不是过于抢眼了呢？尤其是在他的朋友面前，自己是不是忘了学做一个体贴的配角了呢?!

跟缺乏社交信心的丈夫一起外出，作为太太，要懂得夸他，要有意识地帮他发现自己身上的闪光点，逐渐帮他树立起社交的自尊心。

如此，他对你的苛责才能少一些、再少一些。

要知道，谈笑风生的主妇，只适合于自信满满的丈夫，若是碰上了一位有点自卑心的男人，还是先表现得冷一些吧，至少，这是平衡他心态的第一步。

两个年龄相仿的女人聊起来，窈窈几乎无从插话，就这么失神坐着。女客人瞅了她一眼：“这位妹妹，你也算有福之人了，这么年轻就把结婚生孩子一系列工程给搞定了，还愁什么愁啊?！老公走了又怎的?！起码孩子是咱自己的。女人这辈子还是孩子最重要，年轻时生了也好，过几年孩子上学了，重新把工作拾起来，一点问题也没有。你瞅我们这个年纪的，想生孩子又开始瞻前顾后了。怕胖、怕老、怕恢复不了……尤其我也算是靠形象吃饭的行业，真怕生完孩子再回不到职场去了！”

这会儿我才注意到她的曼妙身材，兼之气质轻盈、音质悦耳，我在猜她的职业是歌手？主持人？还是其他？

Belinda却开口了：“别那么悲观，生孩子也未见得那么恐怖。可能大多数人坚信，比之于古代女人，现代女人更加经老、美丽容颜能更久保持。实际未必。生孩子可以延缓衰老，你知不知？”

此言一出，店里所有的女人都往这儿瞧过来了。

“除了明星贵妇有条件月月打美容针之外，现代大多数普通女人掩盖皱纹的办法一是靠面膜，二是靠粉底。古代女人不同，她们当然也化妆，唇红齿白有一半也是胭脂花粉的功劳，与此同时，接连不断的生育后代才是她们最良好的青春保养品。红润的嘴唇和脸颊在现代女人身上越来越少见到，取而代之的是枯黄或苍白，这主要是长年累月经血的流失而造成的贫血。血，是女人最重要的动力，缺了它，任何美丽都迅速打折。你去任何一间写字楼，冰冷的冷气机下，手顶着小腹为痛经所困扰的女性越来越多，不规律的生活和饮食，日益繁重的心理压力，女人越来越干枯！相比起来，古代女人的月经期显然要少，大部分的时间她们总是处在孕期和哺乳期，养分留在了体内。经常在故事里听说，千年前的哪个美女一生养育了好多个孩子依旧美丽非凡。生孩子和变丑，真没有必然关系。”

说到这儿，Belinda 忽然刹住话头：“得了，我也不是医生专家，书上看来的二手知识就不卖弄了。准备撤了。”

起身前她拍拍窈窈：“不是所有的感情累了就必须分手，婚姻这东西，有时候就是一种生活方式。作为一个结过三次婚的过来人，跟你说句肺腑之言：每个人都有优缺点，就像每种生活都有甜苦，等你想明白了这一点，其实啊，跟谁结婚都一样。”

窈窈点点头：“那我总该做点什么吧？”

“嗯，关于你老公和他那女同事，我觉得，主要是你太乖了。你要天天让他无后顾之忧，他在这家里没有任何参与感，当然要无中生事了。有时候啊，女人就得麻烦一点。”

Belinda提示

≋

女人要是让男人太放心，他也就不会把心放在你身上了。

不想让他变心，就先让他分心

男女之间有这样一个规律。

麻烦的女人，会让男人烦。

不麻烦的女人，男人会让她烦。

于是很多“不太麻烦”的女人就常常遇到一些关于男人的烦心事。

其中有这样一条：“变了心的爱人，如何再次挽回？”

太多太多女人日日思量这个命题。

这个时代，人的心中有不同层次的欲望，有时仅仅一个眼神的互动，便会引发一场大规模的家庭震动。

就有这些女人，抓不住老公渐渐离去的心，暗自神伤。

“我可以既往不咎，但是谁能告诉我，怎么做才能留得住他的心？”

是的，此时的他，心已不在你身上了，他的心转移到了另一个她那里。让他改变心意重新爱你，确实不是件容易的事情。

“但是，总不能眼睁睁看着他就这样被其他女人抢走吧?！无论如何，我也要让他把心收回来！”

有一种办法，可以试试看：想办法分他的心。

是的，分心。

多给他分派一些家庭责任。

多强制性地给他找点“生活麻烦”。

老爹老妈头疼脑热，感情闹纠纷。

孩子成绩下降，学习劲头不足。

……

总之，要让他觉得生活很棘手，事情很多很复杂，没有太多的闲情逸致去谈一份奢侈的小恋爱。

试试看吧。

如果，不想让一个人变心，那么要试着让他分心。

这也是你最后的机会了。

Belinda提示

≋

别看男人都渴望小女人的温柔仰视，但能让他当机立断娶回家的还得是有生活能力的大女人。

“男人都有管不住自己的时候，不少成功男人都表示，在收不住心的时候，他们渴望借助女人的力量把自己往回拽拽。所以男人都知道，找个脾气大点的老婆是福气！抽烟、喝酒、打牌、跟其他女人玩暧昧……她一顿河东狮吼能让他老老实实收心做个乖宝宝。到最后看，能一家和乐，携手终点的，多少因为这家里

☞ 不想让他变心，就先让他分心。

就先让他分心。
不想让他变心，

的女人镇得住！男人都像孩子，需要一个管住他们的女人，才能一天天接近成熟！——所以，那些婚姻‘鸡汤文’要慎读。女人是要温柔，但你要只会温柔，也就死定了！”

窈窈点点头，临了她问：“你真的结过三次婚呀？”

Belinda 爽快地承认：“是啊，而且，也离了三次。其实现在回过头来想想挺后悔，都是年轻时候太任性。要搁现在，肯定不会‘一言不合就离婚’了。婚姻是为自己的后半生做投资，年轻时不觉得怎样，老了就知道有个老伴的感觉总还是好的。当然，你这个年纪未必会理解这种感受。”

窈窈脸上已经有了笑意：“我会努力的。”

Belinda 帮她整整压皱的领角：“女人带孩子这几年，是最狼狈的几年，没有工作，没有收入，没有时间收拾自己。可是，也就仅仅这几年吧，咬咬牙，别放弃自己。孩子上了幼儿园，赶紧找份工作吧。要有自己的世界，才会被别人的世界欢迎。”

后来，Belinda 跟窈窈说的这番话，即便是男人的我也为之一震：即便拥有再恩爱的伴侣，人生也难免有寂寞。所以，你必须要在两个人的世界里也学会一个人的生活，工作、读书、交友、冥思……用喜欢的事情丰富独处的时间。即使爱情和婚姻将男女联结，你仍要明白，生命，永远是一个人的历程。

Belinda 小声地跟窈窈说："晚上睡觉把孩子给婆婆带，把老公拽回到床上来。至于你嘛，要裸睡，一定要裸睡。记得，裸睡可是增进夫妻亲密关系的法宝哦，至于原因，试过就明白了。一定要驾驭和利用好人的动物本能。"

窈窈笑着道谢。

后来她问："您现在还跟那个心理老师一起工作吗？"

"当然不。现在，他只是第二任老公而已……"

6

CHAPTER

第六章

哪怕生活窘迫，
也要记得富养自己

一推店门，还没来得及把那句“搬货”喊出口，熟悉的叽喳声迎面袭来。

“老公送的呗，允儿上次在上海开发布会就戴的这个。”她一边拽着脖子上的项链向对面的女伴展示，一边瞅了一眼刚刚进门的我，白眼微翻。

我心里一“咯噔”，抬头看见一鸣无奈地朝我耸肩膀，珠珠一脸鄙夷地转着手里的圆珠笔。

我上前敲敲她的桌面：“张莉莉，公共场所不要大声喧哗，小学生都知道，你文盲啊?！”

“你说谁文盲啊?！谁家饭馆儿吃饭不让聊天啊?！就你这小破店有几个客人啊?！装什么高素质大老板啊?！”

很“张莉莉式”的讲话方式。我扫了一眼周围，确实，本来客人就少的店里在下午两点钟更是门可罗雀，我看到 Belinda 坐在老位置上嚼着沙拉，今天她点的是蘑菇比萨，吃得不动声色。

我不理解为什么那么多女人在网上吐槽“我的极品前男友”，为啥就没有男人去聊聊“我的极品前女友”?！

张莉莉，作为我的前女友，明明已经分手快两年，可她时不时还是会冒出来硌你一下，就好比蒸米饭里夹着的白石粒，躲都躲不开。当然，别以为她对我是旧情难忘，实际上她早有了新男友，口口声声恩爱不停休。

关于这事儿我还真跟一鸣、小愉、珠珠他们讨论过。

“她不会是故意拿男朋友来激你吧？”

“激将法很有可能啊！也许就是为了让你悔不当初，赶紧再奋起直追呢！”

……

我还真跟张莉莉要好的姐们儿打听过。那姐们儿说：“你可别做梦啦！她爱她男友爱得死去活来的。你呀，根本没戏！”

Belinda 也跟我说不太可能。“其实男人比女人恋旧。男人即便当下幸福，心里仍会给前女友留一席之地，而女人只要真正爱上了一个人，通常能做到彻底割断曾经。感情中女人总比男人更看重未来的结果。所以啊，男人是过去的动物，女人是未来的动物。”

于是我就看不懂了：这女人到底是哪根筋搭错了？

说实话，每次张莉莉来店里都让我很没面子，在兄弟姐妹们眼里，我对张莉莉一点办法都没有，实在有失一个老板的威严。我忍不住上前说：“张莉莉你快点吃啊，我们该午休了！”

她瞪了我一眼：“再说一遍，请叫我莉莉安！”

作为一个高中英语从没考及格过的英语特差生，她那蹩脚的英语，终于让角落里的 Belinda 喷出一个笑来："小妹妹，我看你是缺爱吧？嗯，或许还很缺钱。"

轻飘飘的一句话丢过来，我却完全能预想到它的威力——这绝对可以让张莉莉在这跟她大吵上仨小时。

果然张莉莉攥着椅背一脸"你谁啊"的表情已经蓄势待发。Belinda 又笑了："姑娘，别装出一副小混混的眼神儿瞅我，你明显不是这种人啊。"

张莉莉咬着牙低声嚷出来："我是哪种人啊？你今天给我说清楚我到底是哪种人啊？"

Belinda 往椅背上一靠，说得倒是很悠闲。

"刚刚你们跟另外一位客人同时进店，那位客人先朝着你们现在这张桌子走过去。不过你呢，三步并两步，迅速就冲上去坐下。爱争爱抢的人，通常在生活中很没安全感。"

"你跟姐们儿点的菜是合在一起吃的，瞧你盘子里，海鲜饭里的海鲜基本上都被你一个人扒拉到自己盘子里了。可直到现在一个多小时了也没见你把这些都吃完。所以你是贪婪，或者还有点不小的嫉妒心，可见你平时很缺一些东西。"

"你们每次聊到跟钱有关的话题，你都要格外强调和确认一下钱的数额。很重视钱财嘛。大概手头不怎么宽裕。"

“还有你该回去看看自己的脸，年纪轻轻的女孩，却一脸枯萎的神色，眼睛里那么多戾气。要说你不缺爱谁信呢？”

……

张莉莉的脸上活像开了个颜料铺，白转红，红转青，青转乌……她“噌”地一起身，拉起闺蜜就走，临了恶狠狠地对我说：“我不会付钱的！有这种毒舌泼妇在这吃饭,你店早晚也该关门！”

张莉莉摔门而去。我们几个站在那里朝 Belinda 行注目礼，说实话，我们对 Belinda 真是佩服得五体投地。最后，珠珠结结巴巴来了一句：“Belinda 姐，你，你真会聊天啊！”

“得了吧！这么揭人伤疤还叫会聊天?！”Belinda 把最后一角比萨咬在嘴里，“她早晚还得回来找我。”

十一月的时候，我出了趟差，去深圳一家西饼连锁店谈合作，想在我店里做个加盟，顺便考察了下市场。不到十天而已，等我回到店里，吓了一大跳，珠珠和张莉莉凑在 Belinda 眼前正热火朝天地在聊天。一鸣还是朝我耸耸肩：“她们这几天好得像亲姐妹一样，连珠珠都跟那张莉莉成闺蜜啦。”

我低声问一鸣：“怎么了这是？”

一鸣凑到我耳边：“好像珠珠男朋友最近又冒出来一位干妹妹。珠珠和那干妹妹正掐得你死我活哪！”

Belinda 手里今天换了一杯啤酒，她指着珠珠说："要不说你傻呢?！你呀，是把精明全写在脸上。"

"那女人长得也不咋的。除了胸比我大点，切，有什么呀，她有内涵吗？"

珠珠说得如此理直气壮，好像自己是有内涵的那一类似的。

连 Belinda 都忍不住笑了："女人呀，也只有在对付情敌的时候，才会忘了自己的软肋。"

高贵的贵女人

男人与男人之间，比的是"身家"。

女人与女人之间，比的是"身价"。

这是情爱中的恒定律。

生活里，一个男人两个女人的事时有发生。两个女人狭路相逢，情敌与情敌之间，分外眼红，骂架自然是少不了的重头节目！

不过，仔细听听，她们都在骂些什么：

"他最爱的是我！你看看，这对耳环是他上个月送我的周年礼物，商场卖一万二呢！"

"你也就才值一万二而已！我手上的戒指是他上礼拜送的，两万五一分都不少！"

☞ 你看，我比你贵了一块钱。

你看，我比你贵了一块钱

“他为了讨我欢心，用一万零一朵各色玫瑰塞满了我的家！你呢？顶多收到过他送的十一朵玫瑰花，还是花店打折买十赠一！”

“他花在我身上的钱比你多，你比我贱！”

“他愿意为我倾尽所有，你比我贱！”

……

情敌骂架到了最后，全成了这个男人的日常生活消费报账清单！

很多女人都是一样，始终坚信那个道理：一个男人愿意为一个女人花多少钱，证明他愿意为她付出多少爱！

所以，女人会迷恋“身价”这种东西，在女人眼里，这就是“高贵”的代名词！顺理成章的，女人把爱钱当成是提升身价的重要渠道之一。女人的心里，“钱”是一道门槛，条件不及格的男人无权入内！

高贵 = 贵。

气质常常也是用钱来衡量的。

这是女人姿态，也是女人认定的“高贵”。但实际上，在男人眼里，这个所谓“高贵”的女人，也只不过就是比其他女人“贵”而已。

然后，张莉莉就冲着珠珠说了：“你就知足吧你！起码你那位还肯给你花钱，我是觉得，一个男人只要是肯对女人大方，即便出轨都可以原谅。我那位就没法提了，干什么都得我花钱，吃饭得团购，看电影得挑打折的时间段，跟他约会，就没见他买过200块以上的单！”

珠珠说：“我最烦这样的男人，要个礼物就说你物质，到餐馆只点廉价菜品，发红包从来都是个位数的，好容易过生日了吧，他的礼物是一个抱抱。——我有好几个姐们儿男朋友都这样，跟你说啊，没戏，赶紧分了得了！这么抠的男人不可能真正对女人好，不论他有多少钱。”

说到分手，张莉莉却犹豫了：“你说就没办法让他调整调整了吗？他怎么就不能对我大方点呢？”

Belinda说：“怎么花男人的钱？——估计很多女人都这么想过。”

Belinda提示

当男人不愿为你掏腰包的时候，请不要逼他。

女人往往会把男人的“钱”和“爱”紧密联系在一起。享受一个男人的“钱”，实际上就是在享受一个男人的“爱”。

不论何种职业何等收入的女人，总有这样的情结。

“我昨天‘逼’男朋友给我买了限量版手链，还‘敲’了他一顿海底捞火锅，真过瘾！”

看这个女人扬扬自得的表情，你绝对看不出她年薪近百万。

“我们情人节是在游艇上度过的，红酒，鲜花，钻石……做女人，收到礼物的时候，真是过瘾！”

看这个女人双眼发光的样子，你肯定不知道她身家超千万。

女人，永远把男人“钱的付出”当成是“爱的付出”！能让一个男人为她花钱，至少说明这个女人有魅力，获得了他的爱！

当然，身边也有另外一类“花男人钱”的女人：

“你嫌钻石贵，那至少要给我买条铂金项链吧！”

“你请美美吃日本料理，却只请我吃自助比萨，我不管，我也要吃生鱼寿司！”

“我男朋友不舍得给我花钱，我才不会便宜他，死缠烂打也要让他给我交房租！”

这些女人，把“花男人的钱”变成了“敲男人的竹杠”！

如此一来，自贬了身份，你主动把自己从女王降格为女匪！

花不花男人的钱，其实不那么重要。

花男人钱的女人有魅力，不花男人钱的女人有魄力。

前者受人爱，后者受人敬。

但是作为女人要懂得：爱可以无价，但不可以廉价。当一个男人不愿为你掏腰包的时候，请不要逼他！

Belinda提示

如果男人不愿给予，不必去要，不论钱还是爱。但凡要来的宠爱，都有一股贱气，自贬身价、惹人鄙视。尤其吝啬的男人，更会在心里计算成本。任何要来的东西，都是债！

张莉莉哭丧着脸说：“我要不是因为特别爱他，能忍他到现在?！我就是特别害怕，他将来会不会真的是那种冷酷无情的人？”

Belinda 沉吟半晌：“其实我倒是觉得，人性复杂多面，不可一面窥之。如果他不愿为你花钱，也不一定代表他不爱你，却意味着婚后他不太可能让你掌管经济大权。在钱财上有极强克制力的男人，在生活其他方面也必然有很强的控制欲。钱证明着男人的尊严，那么费力地留住它，无外乎是想人前人后挣个能装酷的地位。”

☞ 要来的东西上，都是债。

要来的东西，
都是债。

张莉莉似乎没太听懂。

Belinda 说："反正，真嫁给这样的男人，你未来就得示弱，就得完全服从他这一家之主。否则，这就不好说了……"

珠珠说："这样的男人纯属心理变态。不可能有女的愿嫁他。"

Belinda 反而说："那可不一定。有些女人反而就喜欢这样有控制欲的男人。虽说女人控制欲强，但女人真正需要的却是能控制她的男人。有时候男人的放任和纵容反而会让女人不满，因为有些女人就是在男人近乎窒息的爱里才能感受到安全感的包裹。没错儿，女人是渴望自由，但自由太多，会让女人觉得自己是个不被爱的孩子。"

Belinda提示

一个男人舍不舍得为你花钱，不代表爱或不爱，只代表有没有必要。男人心目中，礼物的价值等同于女友的价值。虽然，没价值的东西他未必不爱，但面对没价值的东西他会少掏点腰包。如果他没有按着你的要求买你喜欢的礼物，别大呼小叫抱怨他无情。想想，自己在他眼中，是不是仅仅只配廉价品？

一分钱一分男人心

女人总在“钱”上心思纠结。

女人所有的纠结，通常是由“钱”发散至“爱”的，女人希望用“钱”看透男人心底爱的真相。

生活中，一个爱花钱的人，人缘通常不会差。尤其男女交往中，女人更是把“大方”当成是评价男人的第一标准。

但是，真相到底是什么呢？

恋爱初期，一个男人不愿为你花钱，说明他没打算跟你有后续发展，认为不值得投资。通常这是男人的炫富期，真遇到了中意的女人，小气鬼也会想法充胖子。这时候的男人不论大方还是小气，往往都不是本性的体现。

恋爱中期，一个男人还不舍得为你花钱，这就可透见男人的本性了：一个不舍得与爱人分享金钱的男人，本身就是个欲望太盛的人。而欲望太盛的人都难免有些势利，跟这样的男人交往，女人一定要有自己的事业，要时时保持强者姿态，让他心存三分忌惮，你不能给他留一丁点儿轻视你的机会，否则，一旦处于下风，将来少不了受他冷言冷语的精神打压。

恋爱后期，当这个男人不再舍得为你花钱，这是理所当然的，这不代表他的心要变了，只代表他觉得跟你之间没有必要再“充大个儿”了，这时候若你跟他谈结婚，多半他不会反对，恋爱开始变得实在，就是婚姻的前奏了。

与此同时。

一个对自己大方对外人吝啬的男人是典型的小男人，这样的男人虽然爱家，但不能博得外人的尊重，自然也成不了大气候。

一个对自己父母大方对岳父母吝啬的男人，不仅自私且有大男子主义倾向，与这样的男人生活，女人最好要有点自己的私房钱以备不时之需。

一个舍得大把大把毫无节制给女人花钱的男人，如果不是处在热恋追求期，那说明这个男人把钱和爱看得等重，或者说，他并不能深刻地理解“爱”的含义。日后，随着感情的稳定，女人从他身上得到的钱也许会越来越多，但得到的爱只会越来越少。

另外，“月光男”不值得托付终身，不仅仅是他赚钱和理财的能力差，也是不善于约束自己的欲望，他经不起诱惑；爱充大款的穷男人要小心提防，他们充大方只是为了从对方身上获取更大的利益；遇到了经济困难不肯向父母开口而是只向女友伸手的男人有着强烈的自尊和野心，他们找一个女人就是为了共患难的，他日功成名就，不见得会对当初无私奉献的女人感恩戴德。

……

男人大都是小气的，要么对钱，要么对情。

遇上一个对钱对情都慷慨的男人，又都是别人的收藏品了。

于是女人对男人，常常处于失望中……

通过“花钱”，可以推敲出一个男人的内心，但是推敲出来之后，等着你的恐怕是更多的失望。

真的，女人的脸不能近看，男人的心不经细看。

说到这儿，Belinda 跟张莉莉强调：“一个男人对钱的态度，也反映出他的责任感和担当力。”

有种男人爱钱不爱你

如果一个男人总是过分干预女人的生活花销；

如果一个男人总是对女人的亲友冷嘲热讽、不屑一顾；

如果一个男人总是对人对事抱以负面冰冷的论调；

如果一个男人总是自作主张地把女人的钱也算作是自己的钱；

……

☞ 男人大都是小气的，要么对钱，要么对情。

男人大都是小气的，
要么对钱，要么对情。

那么女人，你要注意了。有可能，你遇上了一个视钱如命的“物质男”。

从根源上看，这类人往往出身不好，家境欠佳，也许是被穷逼急了，所以把钱看得比天还大。他们常常贪得无厌，无论得到了什么样的成绩，都觉得还远远不够，还可以更进一步。对事业，对爱情，统统如此。他们生活得不快乐，心底里有着过于强烈的野心，渴望功成名就，获得周围所有人的尊重，实际上是心里有极强的自卑感。往往，他们嘴上说的对世界的“憎恶”，仅仅是种得不到的“酸葡萄心态”。

从现实来看，越是中年突然发迹的“凤凰男”，婚姻出轨的概率可能越大，或许是之前压抑得太久，有了条件之后才格外渴望放纵。这类男人，通常对花花绿绿的世界是没有抵抗力的，他们压根儿也不打算抵抗，甚至会去积极争取，以补偿自己前半生的贫贱。

生活中不少女人，总觉得为这样一个男人付出自己全部的心血，将来总是能够获得回报的，她觉得自己付出了钱和爱，就一定能换回他的感恩戴德。

大错特错。

实际上，即便将来他功成名就、大器得成，因心底的那份自卑或自大情绪，也未必会对你感恩戴德、一世珍惜，当女人满足了他所有的要求之后，就该有危机感了，如果不能够继续为他付出、让他享受你带给他的帮助，那随时会有被甩的可能。事实证明，如果非让他在钱和爱情之间做出选择的话，他们只会选择钱。

与此同时，这类男人往往还会有强烈的大男子主义情绪，个性中有着极强的主导性，跟这样的男人相处久了，一般女人都会很容易失去自我，被他一路牵着走。

面对这样的男人，女人一定要学会控制自己对他的付出，对于男人，永远不要付出的太多（至少不要付出太多钱），无条件倒贴的女人，没有男人会真正重视，女人的爱，也是要讲究成本的，付出，也是要求回报的。无回报的傻傻付出，终归是白白付出。

虽然同样拜金，但“物质女”和“物质男”还有不同。

“物质女”虽然拜金，但拜金拜得久了，还总能“拜”出些感情来。

但在一个“物质男”眼里，钱比女人重要。

若你身边那个男人有类似的苗头，该有所警惕，先捂紧钱袋再说。

Belinda 跟张莉莉说：“我不是‘唱衰’你们的感情，我是觉得，女人与其把精力都花费在如何让男人给自己花钱上，不如想想怎么富养自己。女孩子年轻的时候就该好好工作好好赚钱，喜欢的东西就用自己的钱买下来。当一个女人不在乎男人是不是为她花钱的时候，也许男人恰恰就愿意为你掏腰包了。——人性本‘贱’。就是这个意思。”

张莉莉一撇嘴，看得出她想反驳，但似乎也没什么好理由。

Belinda 最后有点严肃地跟她说：“姑娘，我刚听了你的话还是有点担心。一段恋爱，无论如何，不应该只由女人买单。”

Belinda提示

≋

有些事，再爱也不能为他做！比如，降低你的生活品质，把省下来的钱花在他身上。女人当然可以送男人礼物，但不能以苛俭自己为前提。所有在爱情中不情愿的投入，终究都会变成女人身上的戾气，让你变得日益狰狞。

她们聊到这儿，我有点忍不住了：“你们女的能别老凑在一起说悄悄话吗?！考虑一下我们这些男人的感受好不好？”

张莉莉瞪了我一眼：“得了吧你，一张‘被甩综合征’的脸！”

等张莉莉走了，我问珠珠这到底是怎么个情况。

“张莉莉其实挺可怜的。她现在的男朋友对她特抠，虽然收入挺高，但从来不给她花钱。上次她在咱店里跟闺蜜炫耀的那项链，就是自己花钱买的。她现在正迷茫着呢，觉得这男人对她又抠，也不见得多体贴，就不知道是不是该分手。不过，她好像挺爱她男朋友的。”

“嘿，那干吗没事儿还老来这儿显摆。这不有病吗？”

“Belinda 说，她有严重的自卑心，越是没自信就越是渴望被周围人羡慕。”

“自卑？我看她倒是有点自负！”

“她从来就没有得到过尊重，即便是在你这里。我不认为你曾经有多么爱她，即便你们恋爱过。”

Belinda 这话很让我生气：“你凭什么这么说啊?！”

“就凭她一直强调现在她是莉莉安，你却从不改口一直喊她张莉莉。每个人都有自己不愿提及的东西，也都有自己想要成为的样子，不过你并未尊重过她的渴望。所以我还是那句话，我不相信你曾经有多么爱她。”

“她是我前女友！我比你了解她！”我甚至愤怒了！这样浮夸的、自负的、任性的张莉莉，怎么到最后却成了我是坏人?!

“她会来到你的眼前去撒谎、去炫耀，其实只是想得到曾经在你这里没有得到的东西，就是尊重。”

那天的气氛不算太融洽。此后有将近两个月，始终没见到 Belinda 的身影。我们五个都有点慌了，不是为失去一个客人，而是觉得身边的某位至亲好友突然消失了。那种恐慌和落寞无以名状，以至于越来越好的生意都难以弥补。阿萨每到午休时会不自觉瞅一眼 Belinda 经常坐的位子，一鸣的笔记本好久都没有再翻开，那里面记录着他对 Belinda 的了解。冬天的午后，客人少的时候，我盯着贴有“Young Zone”的大门，期待着突然推门而来的 Belinda，我们都喜欢听她挥着手说：“赶紧的，饭、菜，快点！”虽然她并不赶时间。

圣诞节的时候，珠珠说：“我们是不应该给 Belinda 发个节日祝福啊？”

这时候我们才意识到，我们所有人，并没有关于她的任何联络方式。

7

CHAPTER

第七章

我们终会与生活握手言和

过完了元旦，很快就是春节，生意渐渐转淡。

小愉和阿萨每天抱着手机抢火车票，一鸣的机票早已订好，春节要去国外和父母会合，珠珠偶尔噘着嘴发脾气，不知除夕该去老爸家里还是老妈家里，她父母已经离异多年。

今年老爸早早发了话，年夜饭就定在“Young Zone”了，把爷爷、奶奶、叔叔、婶婶、姐姐、弟弟一起接过来。我一边备着年货，一边忙着跟阿萨学上一两道招牌菜，光凭老爸那宫保鸡丁熘肥肠的手艺，实在太过时了！小愉答应年三十走之前帮我做好几样可存放的甜点。

过了腊月二十三，店里的客人越来越少，小愉和阿萨每天空闲时间都要去附近的商店转转，准备回家的年礼，珠珠最近忙着搜索各种攻略，男友春节带她去韩国旅游，初一出发。——生活，忙而有序。不过一年工夫，我觉得我们五个都长大了不少。

在他们几个的软磨硬泡之下，我决定明天放假，“休假中”的招牌也已经挂了出去。我催着阿萨弄几道硬菜，我们五个想提前过个年。此时门口有人张望，我刚要起身，她推门进来了。

Belinda 瞅瞅我们几个："我还以为你们都撤了呢！还有吃的吗？"

标准的"Belinda 式"开场白。我们五个全愣在了那里，直到珠珠扑上前一把抱住她："你个坏 Belinda！你上哪儿去了你！"

在等烩饭的时候，Belinda 给我们讲了她这几个月的经历。

"我要结婚啦！"她的表情生动而骄傲，说明她认为这消息一定会惊到我们，不过坦白说，即便以我们对 Belinda 微不足道的了解，也并不觉得这消息有多惊人。她一撇嘴："好吧，我又要结婚了。不过我是把每一次都当成第一次啦！"

Belinda 把她跟软件工程师男友的罗曼史绘声绘色讲给我们听。

她比他大五岁，她结过三次婚，而他至今未婚。作为一名"技术宅"，对这样一位行事张扬且婚史丰富的姐姐显然不敢轻易招惹。——"所以，我追他。追得他无路可逃！"

Belinda 笑得前仰后合，其自豪之情绪让略有"直男癌"情结的我几乎觉得"犯贱"也是一种美德！

"你们知道吗？为了追他，我可下血本了！专门找一高手把我的所有电脑弄坏，我得找他帮我修啊！他不来，我就去他公司门口等！修好了我就请他吃饭，然后我就说没带钱，连支付宝里也没钱了，他付了钱我就说下顿算我的！他去美国开会，我也跟去啊！”

“这不狗皮膏药嘛！”珠珠明显有点不屑了，让女人这样追一个男人，确实够没面子的！

Belinda 冲珠珠得意地笑笑：“到了我这个年纪，周围的竞争者可全是你们这岁数的小姑娘啦！不加倍努力岂不等于举白旗?！”

这句大实话倒把我们都逗笑了。我隐约记得以前 Belinda 曾说过：“如果已经过了矫情的年纪，就要丢掉小女生的羞涩！如果你明白自己想要什么，就要靠自己努力去接近。谁说女人不能主动的？我觉得女人下定了狠心去追一个男人，是很酷的！”

“当然，不顾一切地追只是第一步啦。我当然不能只卖蛮力啊。他老妈生病我帮忙联系的住院床位，他妹妹失恋要死要活也是我给安抚好的……这仨月可给我忙坏了！也就是我这岁数的大姐吧，换了你们这些小姑娘，早吵着闹着打退堂鼓了！”

说真的，她不自己说，我真想象不出来 Belinda 还有这柴米油盐酱醋茶的一面！

“那么，他爸妈知道你结过三次婚，还同意？”珠珠试探着问。

“他爸妈为什么要知道?！结婚是我们两个人的事儿，反正他现在是爱上我了，铁了心要娶我了，这就足够了。至于老爸老妈们，只要知道我们很相爱、非常非常和谐，这就足够了！干吗要跟他们那么坦白！”

Belinda 的话还是让我们大感意外，原本以为堪比哥德巴赫猜想的难题，竟然被她这样轻描淡写地瞒过！虽然我知道 Belinda 经常有点非常理，但终究没想到她会是这么非常理的 Belinda！

珠珠说：“能让你这么疯狂的男人，一定长得蛮帅！”

“那当然！”Belinda 两眼直放光，“嗯，有点像乔治·克鲁尼，我说的是神情啦，尤其是坏坏一笑的时候！”

我们几个实在有点想象不出一个 IT 男，有点像乔治·克鲁尼，还会坏坏地笑……这到底是怎样的一位男士！

Belinda 说：“我就是好色啦！不过嘛，好色的女人，运气通常都不会太差。感情的世界里可不流行性冷淡，要有热情、有活力，才能让人有生理反应吧！你们这些小女孩还太青涩，所以，现在我们这个岁数的大姐才吃香啊！”

Belinda 看起来得意坏了，明显能感受到她满溢的幸福。我也由衷地替她感到高兴，不过想想如果 Belinda 结了婚大概就不能常常光临 Young Zone，又不免有点小失落。

“其实我们要感谢这一年，你教我们不少东西。”这么郑重地跟 Belinda 说话，其实我也觉得有点不自在。

不过她摇摇头："其实是我要感谢你们。这一年有你们，我觉得自己开朗、年轻多了。"

"我不像你们想象的那么外向，身边可以交心的朋友也并不多。在德国工作很多年，回国后发现，母语环境里的孤独感甚至胜过国外，那是一种在熟悉的环境里却不得不掩饰自己真实内心的孤独。我第一次来你们店里的时候，正好珠珠和一鸣在斗嘴，叽叽喳喳，热闹得像在唱戏，我突然好向往这种生活，有朋友的生活。"

"我跟你们聊天，对你们的生活工作，哦，算是指手画脚吧，其实是因为我喜欢和你们聊天。北京实在太闷了，或许每个大都市都一样，闷得每个人见面都是客客气气……"

她眼睛望向窗外："我其实很喜欢逛街或是去餐厅。这是一种特别棒的融入。你去买东西的时候，会有人为你服务、跟你聊天、给你笑容，你会得到陪伴，但同时又不需要耗费太多精力去应酬他们。真的是一种很好的摆脱寂寞的办法。所以我喜欢来 Young Zone，这里有那么单纯明朗的陪伴，还有我最羡慕的东西，朋友。"

"当然，阿萨的海鲜饭、意面都做得很棒，小愉的焦糖布丁我也喜欢，珠珠很像十几年前的我，一鸣也是个不按常理出牌的

☞ 曾经的放浪无羁，终会与生活握手言和。

曾经的放浪
无羁，终会
与生活握手言和。

小男孩，至于万谦你嘛，你身上有一种情怀，是很多大老板没有的，是人在年轻时才有的，单纯的义气吧。”

珠珠听到这里，忽然眼睛里有泪光闪烁：“Belinda，你以后不准不来！结了婚也要把我们当朋友！”

空气中忽然之间有了离别的味道。

Belinda 单臂环住珠珠，拍拍她的肩膀。

冬日的午后，阳光灿烂得有些伤感。一只猫咪从门前经过，纷纷过客来了又走。突然觉得，曾经放浪不羁的我们，已与生活握手言和。

我们用毕业班会式的拥抱与 Belinda 道别。

“第四次了，但愿这是最后一次哦。”

“哦，那可说不准。我还这么青春貌美，未来，一切皆有可能。”

——嗯，明天，谁说得准呢？